長編小説

ダイナマイト・ツアーズ

「爆破屋」改題

原　宏一

祥伝社文庫

「爆破、しようか」

雅也《まさや》が呟《つぶや》いた。

「爆破?」

「うちのビルをドカンと爆破しちゃえば、つまらない借金を背負わなくてすむんだし」

「ちょ、ちょっと待ってよ」

これが、あたしたち夫婦の爆破人生のはじまりだった。

1

義父が急死したと知ったのは、サンフランシスコ空港に着いた直後だった。さまざまな人種や国籍の旅客で賑《にぎ》わう到着ターミナルに出たとたん、雅也が海外でも使えるという携帯電話をとりだして、ほんとに使えるか試してみよう、と東京のタカシに電話した。すると、触れ込みどおり電話はつながり、太平洋の彼方《かなた》から思いがけない訃報《ふほう》が飛び込んできた。

やった、と思った。これで肩身の狭い生活から解放される。そう思うと、つい笑みがもれそうになってしまったけれど、もちろん、あたしはぐっとこらえた。

死因は交通事故らしい。が、わかったことはそれだけで、詳しい状況はよくわからない。留守宅には義父のほかに身内の人間がいないことから、隣の店の鴨志田《かもしだ》さんが第一報を伝えてくれた。それが回り回ってタカシに伝言ゲームされたことから、話があやふやになってしまっていた。

「どうしよう」

携帯電話を切るなり雅也は考え込んだ。ひょろりと上背《うわぜい》のある体をまるめて本気で困っている。まったくもう。いつもこうなのだ。ふだんはえらそうなことを言ってるくせに、いざピンチに直面すると頭が混乱して、何をどうしていいかわからなくなる。

「どうしようもこうしようも、すぐ帰るにきまってるじゃない」

あたしは叱《しか》りつけた。本音を言えば、やっとアメリカに着いたところなのに、とがっかりしていたのだけれど、そんなことはおくびにもだせない。

とりあえず日本にとんぼ返りして、葬儀やら何やら面倒なことを片づけたところで、あらためて出直せばいいと思った。どっちにしても、これからは気兼ねなく、旅にでも何にでも出かけられるのだ。今回、一週間の予定だった新婚旅行にしても、二週間でも三週間でも好きなだけ期間を延ばせる。

やっぱりあの日、雅也の部屋に転がり込んで正解だったな。あたしは雅也との出会いを思い出す。

友だちに誘われて飲みにいった居酒屋で紹介された。背は高いし、それなりの顔をしてるし、決め手には欠けたものの悪い印象じゃなかった。さっそく盛り上がり、ショットバーに移動して、勢いにのってカラオケ屋に繰《く》りだして歌っていたら終電がなくなった。すかさず雅也がタクシーをつかまえてくれた。一緒の方向だし、と誘われて一瞬迷ったものの、まあいいか、とタクシーに乗り込み、そのまま雅也の部屋に連れていかれて泊まってしまった。

翌日は朝からバイトがあった。でも、なんとなくだるくなって、雅也とごろごろいちゃついているうちに夜になって、その晩も泊まったらアパートに帰るのが面倒臭くなって、結局のところ居着いてしまった。

雅也は父親と二人暮らしだった。二十年前に父親が建てた小さなビル。最上階の四階フロアをマンション風に改装して、ゆったりと生活している。一階と二階は父親が経営する小野寺《おのでら》金物店。三階は商品倉庫になっている。

毎朝九時になると、作業着姿の父親が三階の在庫商品をエレベーターに積みはじめる。九時半までには一階の店舗に降ろし、商品棚に補充し、キーコキーコと音を立てるシャッターを開ける。店内を掃除し、特売のフライパンや鍋《なべ》を店先に並べ終えるころには、パートの店員が出勤してくる。あとの店番はパートにまかせる。父親は作業着から背広に着替えて、どこかに出かけていく。これが毎日のパターンだ。辛島《からしま》駅前商店街全体が低迷しているというのに、よくまあ毎日出歩いていられるものだと思う。

辛島駅前商店街は、東京都下の私鉄の終着、辛島駅に接している。駅と住宅街をつなぐ通りに八十軒ほどの店が連なり、かつてはそれなりに賑わっていたらしい。けれど、立地のわりにこのところの景気はよくない。とりわけ一年前、街外れに大型駐車場付きのショッピングセンターがオープンしてからというもの、商圏のドーナツ化現象が起きて駐車場がない辛島駅前商店街は不振を極めている。

そんな状況にありながら、小野寺金物店の店主だけは毎日のように出歩いていられる。これはもう、どう考えたところで小野寺家は、たっぷり貯《た》め込んでいるとしか思えない。息子の雅也にしても、店の仕事をほとんど手伝っていないというのに、給料もボーナスもちゃんと貰《もら》えているのだから。

ちなみに雅也は有限会社小野寺金物店の専務取締役だ。もともとは父親が代表取締役社長、母親が専務取締役だったのだけれど、数年前に母親が逝《い》ってしまったことから、自動的にひとり息子の雅也にお鉢《はち》がまわってきた。

雅也は、晩婚の両親が四十代になって初めて授かった子どもだ。おかげで、幼いころから孫のように甘やかされて育ってきたらしく、大学を卒業してほかの会社に就職しても長くは続かなかった。気だては悪くないけど、欲が足りない。そんな性格が災《わざわ》いしたらしい。まあ、こんなあたしが言うのもなんだけれど、たしかにそれじゃ長く続かなくて当然かもしれない。

それでも本人は、

「ぼくももうすぐ三十だし、そろそろ気合いを入れないとな」

なんてことを言っている。そのわりには、毎日昼ごろになって起きだして、店も手伝わずにパチンコをしたり、ＣＤショップを冷やかしたり、高校時代から友だちのタカシを誘って飲みにいったりと、お気楽な日々を過ごしている。

でも、それはそれであたしには好都合だった。仕事もしないで毎日遊んでいられるなんて、こんないい生活はない。おまけに雅也は何でも言いなりになる。おねだりすれば洋服は買ってくれるし、おいしいものも食べさせてくれるし、どこでも好きなところに連れていってくれる。

味をしめたついでに、三か月ほど居座ったある日、ねえ、籍入れてよ、と冗談まじりにおねだりしたら、ほんとに籍まで入れてくれると言いだした。これにはちょっとあせったけれど、でもまあいいか、とそのままなりゆきで結婚してしまった。あたしももうすぐ二十六だし、十六で上京して以来、実家とは音信不通だし、ここらで専務の嫁になっておけば将来的にも楽ちんかも。そんな計算もしつつ、婚姻届にサインした。

もちろん、義父はいい顔をしなかった。それはそうだ。突然転がり込んできたわけのわからない女が、知らないうちに息子の嫁になっていた。式も挙げずに勝手に住み着いて、夜中にパジャマ姿でうろうろしていたりする。これが気に障《さわ》らないわけがなく、それまでもろくに話しかけてもらえなかったというのに、入籍してからは、まったく口をきいてくれなくなった。

「けど、これで雅也は社長だね」

飛行機のシートの背を倒しながら、あたしは言った。サンフランシスコ滞在三時間半にして再び空を飛んでいる。航空会社のカウンターに掛け合ったところ、運よく東京行きのキャンセルシートを確保できた。

「ぼくが社長で大丈夫かなあ」

雅也は隣で不安そうにしている。

「大丈夫にきまってるじゃない」

あたしは励ますと、雅也の腕にしなだれかかった。思いがけなく目の上のたんこぶがいなくなったことが、うれしくてならなかった。

「これからは雅也が毎朝、キーコキーコ、シャッター開けるの。で、店番はパートにまかせて、一日中、どこかに出かけて遊んでいればいいの」

「そんな簡単なもんかな」

「簡単簡単。これからは雅也が社長。あたしが専務。夫婦水入らずでのびのびやっていこうよ。それに、そうだ、この際、子どももつくっちゃおうか」

悪戯《いたずら》半分、雅也の股間《こかん》に手を伸ばした。

雅也が慌てて手を払いのけた。かわいい男だ。なんだか急に楽しくなってきた。あたしって、なんてついてる女なんだろう。

気がつくとあたしは、こらえきれずに笑みを浮かべていた。


ひとり息子のぼくが喪主だということはわかっていた。だが、喪主として何をどうすればいいのか、それがさっぱりわからない。どうしたものかと不安だらけで家に帰り着くと、すでに通夜がはじまっていた。喪主不在のまま、鴨志田さんがすっかり段どりを整えてくれていた。

鴨志田さんは、小野寺金物店の右隣で文房具店を営んでいる。小野寺家と同様、住まいも店舗ビルの上階にあるのだが、挨拶《あいさつ》を交わす程度の付き合いで、とりわけ親しくしていたわけではなかった。それでも、隣家のよしみというのだろうか、さして交流のなかった小野寺家の親戚筋《しんせきすじ》や商店会のメンバーなどに訃報を伝えてくれたうえ、葬儀社を呼んで通夜や本葬のセッティングまでしてくれた。おかげで喪主のぼくは何もしないで通夜の席に着くことができた。

四階の住居フロアに上がると、十二畳ほどあるリビングルームに通夜会場が設営され、顔見知りの商店会のメンバーのほか、知らない人もたくさん集まっていた。

酔いは醒《さ》めていた。というか、帰国の機中ではずっと飲み続けていたのだが、結局、ほとんど酔えなかった。やはり動揺しているのだろう。数年前に母親が逝ったときは、ふつうに悲しい思いがこみあげた。ところが今回は、悲しさより先に得体の知れない不安に襲われて、頭の中が混乱している。どうしたらいいんだろう。ぼくはこれからどうしていけばいいんだろう。そんな思いだけが空回りし続けている。

父親の死因については、あらためて鴨志田さんが説明してくれた。商店会の会合が終わった夜十時過ぎ、駅の反対側の暗い四つ角で、交差した路地から走ってきた車に出合い頭、撥《は》ねられた。十メートルも飛ばされて即死だった。不幸な事故でした。現場検証の警察官はそう言っていたらしい。

「喪主様は、そちらにお座りください」

ぼんやりしていると葬儀社の係員に指示された。亡骸《なきがら》との対面もそこそこに、弔問客《ちょうもんきゃく》に挨拶するように言われた。

座布団に正座して弔問客に頭を下げた。つぎからつぎに人がやってきて、わけがわからないまま挨拶を繰り返した。途中、タカシが神妙な顔つきであらわれた。コンビニのバイトを抜けてきてくれたようだ。友だちとしては唯一の弔問客だった。ほかにも飲み屋やカラオケ屋で遊んでいた友だちは何人かいるのだが、それだけの付き合いだったということだろう。

妻の麻由美《まゆみ》も隣で頭を下げていた。だが、ぼくとは違って落ちついたものだった。挨拶の合間には弔問客に気配りしたり、葬儀社の担当者と打ち合わせをしたり、気のきかないぼくをフォローするように、そつなく振る舞ってくれている。頼もしく思った。さすが客商売のバイトを転々としてきただけのことはある。

これからは麻由美だけが頼りだと思った。何となく出会って、何となく同居しはじめて、何となく結婚してしまったが、こんなに頼りになる女だとは思わなかった。サンフランシスコ空港でも、彼女がすぐ帰ろうと言ってくれなかったら、あのままおろおろしていたに違いない。

まさかあの女と結婚するとはな。タカシには何度となく呆《あき》れられた。出鱈目《でたらめ》な女だぞ、と忠告もされた。いまは亡き父親も、それを知ってか知らずか無視し続けていた。それでも、麻由美と結婚してよかったと思う。彼女がいてくれれば、これからもやっていける。きっと何とかなる。

自分を奮い立たせながら挨拶を続けた。何十人に頭を下げたろう。お辞儀のしすぎでいいかげん腰が痛くなってきたころ、ひとりの弔問客が擦《す》り寄ってきた。

「ちょっといいか」

耳打ちされた。遠近両用眼鏡をかけた髪の薄い中年男だった。グレーの背広に茶色いニットのチョッキを着込み、キオスクで買ってきたような黒ネクタイを締めている。下町の鉄工所の専務といった風情《ふぜい》。

生前の父親と深い親交でもあったのだろうか。失礼があってもいけないと思い、麻由美に後をまかせて席を立った。

促されるまま四階の踊り場にでた。ほかの弔問客の視線を避けるように隅の壁際に導かれ、そこで名刺を差しだされた。マナベ・コーポレーション代表、真鍋憲三郎《まなべけんざぶろう》。代表というからには鉄工所の専務よりは偉いのだろう。

黙って名刺を見つめていると真鍋が切りだした。

「大丈夫なのか？　通夜だの葬式だの呑気《のんき》なことやってて」

低くしゃがれた声。

「は？」

「期限まで三日だぞ」

「期限？」

「きいてるだろう、親父から」

首をふった。とたんに真鍋が舌打ちした。あと三日でこのビルを取り壊して更地《さらち》にする約束だったという。

「何でまたそんな話に？」

初耳だった。

「そりゃ借金にきまってるだろう」

真鍋は背広の内ポケットから煙草をとりだして百円ライターで火をつけた。

早い話が、父親は多額の借金をつくり、その返済のために土地を売る約束になっていた。すでに買い手はついている。ただし、買い手は条件をつけた。築二十年のおんぼろビルはいらない。期限までに更地にして引き渡してほしい。約束が守られなければ契約は自動的に解除される。父親は条件を呑《の》んだ。そして、引き渡し期限は今日から数えてちょうど三日後に設定された。

言葉を失った。いつのまにそんなことになっていたのか。うろたえていると真鍋に肩を叩《たた》かれた。

「そういうことなんで、よろしくな」

こっちの目を見据えながらゆっくりと煙草を吸い、煙を吹きかけてくる。やっとのことで言葉を返した。

「いきなり三日後なんて言われても」

「あんたにはいきなりでも、こっちは前々から約束してたんだ。無理なら土地売買契約は解除。負債はあんたに支払ってもらう」

「ぼくに?」

「そりゃ連帯債務者だし」

「そんなこと何も」

「知ろうが知るまいが、ちゃんと実印を突いた書面で残ってるんだ」

まだ信じられなかった。だいいち、あの堅実な父親が、なぜそんな借金をしたのか。

「そんなこと、おれにもわからんよ。しかし約束は約束だ。あんたも大変なときかもしれんが、まあ、恨むんなら親父さんを恨むことだな」

真鍋はそれだけ言うと、指先でつまんでいた火のついた煙草を弾《はじ》き飛ばした。鉄工所の専務には似合わない仕草だった。

あたしって、なんてついてない女なんだろう。

その夜は一転、お通夜のような晩になった。事実、お通夜なのだけれど、とにかく、雅也から話をきかされたとたん全身の力が抜けてしまった。やっと楽しくなると思っていたのに、こんなに簡単に崖《がけ》っぷちに立たされてしまうとは思わなかった。

それにしても不思議でならない。なぜ、あの義父がそんな事態に陥《おちい》ってしまったのだろう。

あたしの目から見ても、義父は堅実で慎重で真面目な人間だった。石橋に鉄板を敷いてコンクリートで固めなければ渡らない人間といってもいい。やたらに借金して事業を拡大する野心もなければ、怪しげな投資話に入れあげる山っけもなければ、儲《もう》けた金で女をつくったりギャンブルに熱くなったりする遊び癖もなかった。だからこそ小さいながらもビルが建ったし、かわいいひとり息子に遺《のこ》してやれる小金も蓄《たくわ》えられたのだと思っていた。

でも、それもこれも幻想だった。これだから世の中、わからない。何がどう歯車が狂ってしまったのか想像もつかないけれど、むかしバイトしていたパブの大嫌いな店長の口癖を思い出した。「人間、だれしも闇《やみ》を秘めてるものなんだ」。あんなクサいセリフどおりだったなんて悔しすぎる。

雅也はショックに打ちひしがれている。それでなくてもピンチに弱いというのに、あまりのことに弔問客が引けた直後から座敷の隅にうずくまっている。

仕方なく、あたしがあちこちに電話してみた。雅也の遊び友だちに紹介してもらい、プロの解体業者にも問い合わせた。けれど、三日後までに四階建てビルを解体するなんて無理な相談ですよ、と苦笑まじりに突き放された。万が一、請け負ってくれる業者がいたとしても、ビルの解体にはかなりの費用がかかる。雅也に貯金はない。父親の遺産も期待できないことがわかった。ということは、どのみち解体などできないことになる。

だからといって三日後までに更地にできなければ、こんどは多額の借金がふりかかってくる。どっちにしても首がまわらなくなることは同じなわけで、

「あとは夜逃げしかないかも」

あたしが言うと、夜逃げ？　と雅也は困惑顔で問い返してきた。

「そう。こうなったら夫婦二人、知らない町に逃げて一からやり直す。それしかないと思う」

「だけど」

「お義父《とう》さんの本葬は、とりあえず鴨志田さんにお願いしておけばいいじゃない。死んだ人より生きてるあたしたちよ」

「親父のことなんか、ぼくもどうでもいい。こんな馬鹿げた借金を遺していくなんて呆れ

返ったよ。けど、ぼくたちは何も悪くない。なのになんで夜逃げしなきゃならないんだ。そんなの悔しくてしょうがないよ」

これだからおぼっちゃん育ちは困る。いまさら駄々っ子みたいに愚図ったところでどうなるものでもない。すぱっと腹を括《くく》るしかないじゃない、と言ってきかせた。

それでも雅也は泣き言を連《つら》ねる。なんでこんな目に遭うんだ、もう嫌だ、と頭をかきむしる。いいかげん腹が立ってきた。たまらずあたしは声を荒らげた。

「じゃあ、どうするっていうの。残された時間は三日しかないのよ。お金はない。解体屋には断わられた。でも夜逃げは嫌。いっそ爆弾でドカンとビルごと吹っ飛ばしちゃう？　それぐらいしか方法がないじゃない！」

肩で息をしながら立ち上がり、通夜の後片づけをはじめた。体を動かさずにはいられなかった。弔問客が飲み食いした出前の寿司桶《すしおけ》やビール瓶を音を立てて台所に運び、座卓を布巾で拭《ふ》いていく。

そのとき、胎児の格好でうずくまっている雅也が呟いた。

「爆破、しようか」

手を止めて雅也を見た。この際、本気でビルごと爆破してしまえば、あとは残骸《ざんがい》を撤去するだけだ。三日あればなんとかなる。それで借金は背負わなくてすむ。

「ちょ、ちょっと待ってよ」

売り言葉を真にうけてどうする。が、雅也は真顔で続ける。

「いつかニュースで見たことがある。アメリカじゃビルを爆破解体してるらしいじゃないか。日本でもいつだったか、どこかで爆破してた気がする。あれを真似すれば、ぼくにもできないことは」

「馬鹿言わないで。素人《しろうと》がいきなりできるわけないでしょう。だいたい爆弾なんてどこにあるのよ」

「爆弾ぐらい素人でも簡単につくれるって雑誌で読んだことがある。むかしの過激派とかは、みんな手づくりしてたって。そうだ、インターネットで調べてみよう。いまどきは原爆の製造法を載せたホームページだってあるって話だ。うん、それがいい。どうせ腹を括るんなら、こそこそ夜逃げの相談なんかしてるより、思いきって一発に賭《か》けてみよう」

据わった目であたしを見る。怖くなった。追い詰められたおぼっちゃんが、とんでもないことを言いはじめた。

「今夜は寝よう」

あたしは告げた。お義父さんとのお別れも兼ねて、一晩ゆっくり眠れば気持ちも落ち着くから。そう言い添えてから雅也のかたわらに腰を下ろして、そっと背中を撫《な》でてやった。

アダルトサイトを見る以外の目的でインターネットを使うのは、いつ以来のことだろう。とにかく丸見えなんだぜ、とタカシに煽《あお》られて衝動買いしたノートパソコンを、ぼくは祈るような気持ちで立ち上げた。

まずはサーチエンジンにつないだ。「爆弾　手製」と検索キーワードを打ち込んでみる。またたくまに三万二千件近くのサイトが表示された。しかし、これらには爆弾発言やおでんのバクダンも含まれている。そこで「簡単な作り方」を追加して再検索したところ、百件ほどに絞り込まれた。

さっそく一項目ずつチェックしはじめる。すると、いきなり原子爆弾の製造方法が判明した。検索しはじめてから十分もかからなかった。

野球ボールほどのプルトニウム239を固形パラフィンで覆《おお》う。そこに料理用の半円形のアルミボールを二つ被《かぶ》せて球にしたら、その周りを組成C―4のプラスチック層で包み込んでいく。ガイガー・カウンターを使って臨界質量を計測し、臨界質量に達したところでプラスチックの包み込みをやめる。あとは、その表面に百個の起爆薬を等距離に並べ、起爆薬を並列回路に接続し、スイッチと電源に接続すれば原子爆弾が完成する。やけに簡単そうに思えた。直径六十センチ、重量六十キロほどの球体。これを爆発させればTNT火薬に換算して十キロトン。一万分の一秒で半径六メートル以内の温度は三十万度に達し、三十秒後には半径三百六十メートル以内を完全に破壊し、半径千五百メートル以内に重大な損壊をもたらす威力を発揮する。

恐ろしいものだ。しかもさらに恐ろしいことには、材料のプルトニウムは、アメリカ一国だけとっても二トンもの量が行方不明になっているというし、旧東ヨーロッパの一部の国では数千ドルも払えば通信販売で買える、という噂《うわさ》もあるらしい。これでは、どこのだれが原爆をつくっているかわかったもんじゃない。

だが、そんなことはどうでもいい。いずれにしても、小野寺金物店ビルを爆破するのにこんな怖いシロモノは必要ない。

さらにサイトをチェックしていくと「黒色火薬のスピード製造法」があった。これはいいかもしれない。黒色火薬は爆弾の基本だと書いてある。

硝酸《しょうさん》カリウムと木炭粉と硫黄を定められた割合で用意する。大きな容器に木炭粉と硫黄を入れてかき混ぜる。そこに硝酸カリウムを三倍の量の水に溶いたものを少量ずつ加えていき、練り物状にする。それを平たい容器に広げ、水分を蒸発させたら再びかき混ぜて風通しの良い場所に置いて乾燥させる。

　これで即席黒色火薬ができあがる。筒に詰め込み、導火線をつければ、それだけでちょっとした爆弾になる。ずいぶんと簡単なものだった。これなら材料も揃《そろ》いそうだし、なんとかなりそうだ。

　ただし、黒色火薬には欠点が多いらしい。反応速度が遅く、動的衝撃力に劣るため、発《はっ》破《ぱ》や建造物の爆破には向かない。そのうえ非常に引火しやすいことから危険性も高い。だから十世紀後半に中国で発明されて以来、数百年間は発破にも使われてきたものの、十九世紀に、より安全で破壊力の強いダイナマイトが発明されたとたん、主役の座を譲り渡した。現在では、小塊になっては困る大理石の採石現場や、銃の発射薬として使われることがほとんどだ。

　となると本命はダイナマイトか。こんどは「ダイナマイト　手作り　作り方」で検索してみる。だが、ニトログリセリンを基剤とするダイナマイトづくりは技術面からも安全面からも素人には無理らしく、手作り方法を記したサイトは見つからなかった。

　それなら、どこかで買えないか。調べてみると、ダイナマイトの製造、貯蔵、販売、運搬、消費については、消防法、火薬類取締法、火薬類運送規則、危険物船舶運送貯蔵規則などによって制限され、またそれを所有、保管、消費するものは火薬類取扱保安責任者や発破技師の資格が必要とされる。つまりは国の規制で厳しく管理されているため、とても入手など不可能なのだった。

思いきって盗むことも考えた。が、火薬類取締法で定められた厳重な施錠や警報装置に守られた火薬庫や庫外貯蔵所からの盗難は至難の業《わざ》だ。発破現場などの消費場所なら多少は盗みやすいとはいえ、ゆっくり盗難計画を立てている時間はないから、それも現実的ではない。

まいったなあ。

壁に突き当たった。こうなったら意地でも爆破してやる、と麻由美に宣言してノートパソコンにとりついたものの、肝心の爆弾がないのではどうしようもない。

もっとべつの手だてはないものか。キーワードを変えて「爆発」と入力した。「ウクライナの炭坑爆発」「核爆発」「金融ビッグバン」と、爆発関連サイトが並んだ。「バスガス爆発」なんていうのもある。早口言葉のサイトらしい。これに触発された。だったら「ガス爆発」はどうかと打ち込んだところ、筆頭に表示されたのはニュースサイトだった。

「アパート、ガス爆発倒壊」一九九九年十二月二日（木）オーストリア　ヴィルヘルムスブルク。夕刻、四階建てアパートでガス爆発。アパート倒壊。四十人が瓦礫《がれき》の下敷きになって死亡した。

これだ、と思った。

気がつくと、あたしは病院のベッドにいた。窓際のベッドだった。素通しガラスの向こうから陽《ひ》が射《さ》している。

なんでこんなところにいるんだろう。不思議に思ってしゃべろうとしたとたん、喉《のど》の奥から焼け焦げた臭いが突き上げてきた。激しく咳《せ》き込んだ。なかなか止まらない。息苦しさに涙を浮かべて咳き込み続けていると、看護婦がやってきた。

「なるべく咳《せき》はしないほうがいいのよ」

吸い込んだ熱い煙で咽喉《いんこう》がただれているから刺激しないように。そう注意されて体温計を差しだされた。受けとろうと手を伸ばすと、腕全体が包帯でぐるぐる巻きにされている。そう気づいた瞬間、こうして病院にいる理由が脳裏によみがえった。

けさ方のことだった。どしんという強烈な音と振動に見舞われて跳ね起きた。大地震でも発生したのか。隣に寝ていた雅也と顔を見合わせた。

寝室はめちゃめちゃになっていた。洋服箪笥《だんす》は倒れ、姿見の鏡は砕け、居間に続くドアは外れ、窓ガラスも弾け飛んでいる。ベッドの中にいた二人が無事だったのが不思議なくらいの惨状だった。

ほどなくして階下から黒煙が噴き上がってきた。寝室にもどんどん入り込んでくる。パチパチ燃えさかる音がきこえる。何かがはぜる破裂音も断続的に響いてくる。泡を食って寝室から逃げだした。リュック一つしか持ちだせなかった。新婚旅行の機内手荷物として日米を往復してきたリュック。それでもあたしはいいほうだった。雅也は荷物どころか上着を一枚、羽織れただけだ。

袖口《そでぐち》で鼻を覆いながら階段の踊り場に飛びだした。居間を駆け抜けるときに義父の柩《ひつぎ》が目の端に映ったけれど、運びだす余裕はなかった。エレベーターは動かなかった。階段！　と雅也に背中を押され、一か八かで駆け下りた。煙を吸ったり腕や脚を火傷《やけど》したのは、そのときだったと思う。でも、あとちょっと遅かったらその程度の負傷ではすまなかった。階段の途中で煙と炎に巻かれていたに違いない。

ビルの外には野次馬が集まっていた。ガス爆発だ、ガス爆発だ、とだれかが騒いでいる。そこではじめて、あたしたちが見舞われた災難の原因を知った。よく生きて逃げられたものだと体が震えだして、しばらくその場で立ちつくした。

やがて消防車と救急車がやってきた。そこまでは覚えている。が、担架に乗せられて安《あん》堵《ど》した直後からの記憶が途切れてしまっている。

「大丈夫か？」

隣のベッドから声をかけられた。顔を向けると、頭と腕に包帯を巻かれた雅也がいた。病室にはベッドが四つ並んでいる。ほかの二つのベッドに患者はいない。検査にでもいっているのかもしれない。

「軽傷だったみたい」

あたしはそう答えると、

「雅也は？」

と問い返した。雅也は包帯が巻かれた腕でガッツポーズをしてみせた。同じく軽傷ですんだらしい。

「あなたがやったの？」

爆発させた犯人か、ときいた。雅也は首をふり、小声で答えた。

「ほんとは今晩、爆破するつもりだった。けど、ヘマをやっちまったらしい」

ゆうべの真夜中。通夜の片づけを終えたあたしが寝ついたところで、雅也はこっそり一階の店舗フロアに下りた。ガス爆発のセッティングをするためだった。

ビルを崩すには、ビル全体を支えている足元を破壊するのが有効だと思った。いつかテレビで見たアメリカのビル爆破の映像でも、最初に一階部分が爆破され、そこに上階が圧《お》し重なるように崩れ落ちていた。そこで雅也は、一階フロアに都市ガスを充満させて点火しようと目論《もくろ》んだ。

一階フロアの奥には給湯室がある。そこからガス管を長く延ばして途中で何本かに枝分かれさせ、隅々まで素早く都市ガスが行き渡るようにガス管を張りめぐらせた。店ではガス器具も売っているから、ガス管ならいくらでもある。ガス管の分岐接続具や各種の工具類にも事欠かない。

続いて目張りにかかった。都市ガスは、空気より軽いメタンなど天然ガスを使っている。ガス漏れした場合、空気より重いプロパンガスは床に滞留するのに対して都市ガスは空気中に拡散してしまう。ガス器具の注意書きにそう書いてあった。逆にいえば、より強力に爆発させるためには、一階フロアを完全密閉すればいいということになる。売り場にあったパテやビニールテープや粘着シートを使い、隙間《すきま》という隙間を埋めていった。いまは亡き父親の品揃えのおかげで思いのほか作業がはかどった。

最後に、都市ガス警報器とマイコンメーターを破壊した。あとは明日の晩、チャンスを見計らってガスを充満させ、点火するだけだ。明け方近くまでかかって作業を終えた雅也は、やれやれと床《とこ》についた。

「やっぱ素人工事はだめだなあ」

雅也が苦笑いした。

おそらくは、ガス管の延長分岐のためにいろいろと細工した際、どこからか計算外のガス漏れが起きてしまったのだろう。そこに給湯室の冷蔵庫がサーモスタットの火花を飛ばして、ガスに引火したに違いない。ただ、ガスが充満しきらないうちに引火したことから爆発が小さかった。おかげでビルは崩落することなく、四階で寝ていたあたしたち夫婦は命拾いした。

「じゃあ不幸中の幸いってこと?」

「そういうことになる」

「けど、ビルは解体できなかったと」

「まあ中身は全焼に近いから親父は火葬されちまったけど、外身《そとみ》はちゃんと残ってる」

「それじゃ状況はまったく変わってないってことじゃない」

「そうなるなあ」

「そうなるなあって、呑気なこと言ってる場合?　だから言ったのよ、爆破なんて馬鹿なこと考えてないで夜逃げしようって」

雅也をなじったとたん、あたしはまた激しく咳き込んだ。

看護婦の話では、軽傷ではあるものの、念のため一週間は入院が必要とのことだった。

ということは、病室のベッドで寝ているうちに更地にする期限が過ぎてしまう。あたしたちは、何もできないまま大きな借金を背負い込むことになる。

冗談じゃない。こうなったら、あたしだけ逃げちゃおうか。

なりゆきとはいえ、こんな男と一緒になったのが間違いだった。知らない町に行って、もっと甲斐性《かいしょう》のある男とやり直したほうがいいのかもしれない。

窓の外に目をやった。眩《まぶ》しい青空が広がっている。この程度の負傷なら無理すれば逃げだせないことはない。視界の隅にリュックが映った。唯一、持ちだせた荷物がベッドの脇に置いてある。

リュックにはお金が入っている。アメリカでのショッピング用にパスポートとともに八十万円。海外に現金なんか持ってくもんじゃない、と雅也にはとめられたけれど、カードが使えない店もあるからとリュックの底に隠しておいた。逃げるつもりなら逃げられる。思いきって海外へ高飛びだってできる。

そのとき、低くしゃがれた声が響いた。

「捜したぞ」

髪の薄い、眼鏡をかけた中年男が病室の入口に立っていた。

「馬鹿なことしてくれたもんだな」

包帯ずくめのぼくを見るなり、真鍋は鼻先で笑った。いきなり心中に走るとは思いもしなかったと呆れている。

「そうじゃないんです」

慌ててカーテンを閉じて声を潜めた。病室のベッドには、ベッドを囲えるカーテンがついている。真鍋とのやりとりを麻由美に見られたくなかった。声は筒抜けに近いのだが、それでも直《じか》に見られるのは嫌だった。

「ミスさえ犯さなければ、一発でビルを解体できたんです」

ぼくは弁明した。思わぬ事故が起きてしまったことが、自分でも残念でならないのだと。

「どう言い繕《つくろ》おうが結果は結果だ。黒こげにされるくらいなら、たとえおんぼろでも、ビルとして使えたほうがまだよかった」

「それはないでしょう。あのときは絶対に更地にしろって言ってたじゃないですか」

「状況は刻々と変わるものだ。で、事情聴取には何て答えた？」

現場での簡単な事情聴取には事故だと申告した。が、多少でも一階フロアの状況を調べれば、単なる事故ではないことぐらいだれにでもわかる。結局は後日、あらためて病院に出向いて事情聴取させてもらうと告げられた。

「口が裂けても心中とは言わないことだ」

「だから心中するつもりなんてなかったんです」

「そうだ、そう言い張ればいい。心中だと生命保険も火災保険も下りない。それだとこっちとしても困るからな」

父親が、ぼくには生命保険、ビルには火災保険をかけていた。その両方が下りれば、父親の生命保険金もプラスして、借金と相殺《そうさい》できるかもしれない。だから、どうせ死ぬなら事故で死んでくれと真鍋は言う。ビルがああなった以上、土地売買は不成立。となると、あとは多額の負債をぼくがどう返済するか、という点に絞られる。

「とりあえず今回の事故の火災保険金と、あんたの親父さんの生命保険金。それを当面のつなぎに使うとして、あとの残りをどうするかだ」

「あらためて土地の買い手をみつけます」

「まず一年や二年、買い手はあらわれないだろうな。今回、黒こげになったことでミソがついて、ますます買い手がつきにくくなった」

そのうえ、今回の契約で売れた場合は亡父との売買ということで処理できたが、あと一年二年土地を所有するとなると、相続税の問題も生じる。いずれにしても、金を工面できないことにはどうしようもないのだった。

まいったなあ。

ぼくはうなだれた。とたんに火傷した腕が痛みだした。真鍋は背広の内ポケットから煙草をとりだし、病室だというのに一服つけた。そして、喉をやられているぼくに煙を吹きつけるなり、にやりと笑った。

「奥さん、なかなかきれいじゃないか」

カーテンの向こうの麻由美に、きこえよがしに言った。やり方しだいじゃ、それなりの金になると思うがなあ。そう付け加えると、また煙草を吹かす。ぼくは咳き込みながら、冗談じゃないと思った。彼女の体で稼《かせ》がせたところで、どれほどの足しになるというのか。

「こういうことは、どこまで誠意をみせるかの勝負だ。あえて若妻を差しだしたとなれば、情状酌量《じようじようしやくりよう》の余地もないじゃない」

ぼくは黙っていた。借金を抱えると、こんなことまで言われるのかと思った。だが、真鍋にとってこれは前置きでしかなかった。だめ押しするように、それが嫌なら、と続けた。

「一番の解決策は、あんたに事故死してもらうことだと思うんだな。それで帳尻《ちようじり》は合わせられるし、奥さんだって体を汚さず幸せに暮らしていける」

ねっとりした視線を向けてくる。悪寒が走った。この男、自分が口にした言葉の意味がわかっているのだろうか。サスペンスドラマのセリフとはわけが違うのだ。

そのとき、病室の入口から声をかけられた。

「小野寺さん、検査の時間です」

返事をするまえに、さっとカーテンを開けられた。ストレッチャーを押した看護婦だった。

看護婦は真鍋に気づくと、あら、病室は禁煙ですよ、と注意した。真鍋がしぶしぶ煙草を足元に落として踏みつけた。看護婦に肩を支えられて、ベッドに横付けされたストレッチャーに乗り移った。見た目が痛々しいわりに、体は自由に動かせた。これなら十分、歩いていける気がする。

ストレッチャーが動きだした。話は終わってないからな。真鍋の視線がそう言っている。隣のベッドに麻由美はいなかった。真鍋と話していて気づかなかったが、先に検査に行ったのか。

仰向けのままストレッチャーに揺られて天井が流れていくのを眺めていた。廊下を曲がり、ナースステーションを横切り、大きなエレベーターに乗せられた。何度か停止しながら一階まで降りる。ドアが開いてストレッチャーごと一階ホールにでた。

いきなり腕をつかまれた。

「ててて」

顔をしかめて見ると、麻由美がいた。包帯を巻いた格好でリュックを背負っている。

「早く」

ストレッチャーから引きずりおろされた。周囲の外来患者が何事かと見ている。かまわず腕を引かれ、早く早くと玄関ホールに連れていかれた。エントランスの自動ドアを走り抜け、車寄せに駆け寄り、客待ちしているタクシーに押し込まれた。

「お客さん、大丈夫なの?」

タクシーの運転手が困惑している。包帯だらけの二人が息せき切って転がり込んでくれば、だれだって不審に思う。

「大丈夫、お金はあるから」

すかさず麻由美が言い返し、行き先を告げた。

「成田《なりた》空港」

運転手は黙ってうなずくとドアを閉めて車を発進させた。

病院のロータリーから街道に走りでた。信号の角を左折して、国道に入る。尾行を警戒しているのか、麻由美は何度も後ろを振り返った。やがてタクシーは首都高速の入口に鼻先を向けた。料金所を通過して一気に加速して本線に合流する。首都高速は順調に流れていた。それに安心したのか、ようやく麻由美が口をひらいた。

「ほんとは一人で逃げちゃおうと思ったんだけどね」

怒っているような口調だった。

「だけど、どうするんだ?」

ぼくは尋ねた。麻由美は黙ってリュックを開けて、ぼくの上着をとりだした。火事場から逃げるときに持ちだして病室に置いてあったやつだ。

「ポケットにパスポートが入ってた」

上着を渡された。内ポケットを探ると財布がでてきた。サンフランシスコからとんぼ返りしたままの状態で、現金もパスポートもそっくり入っていた。

「新婚旅行の続き、やろ」

麻由美が言った。

「だけど」

「だけどじゃないの。こうなったら思いきってアメリカにでも逃げるしかないじゃない」

自己破産などという上等な手段は知るよしもなかった。ここまで追い詰められたら、麻由美の言うとおりかもしれない。こんな状況で日本にいたところでどうしようもない。ただ、ひとつだけ心残りがあった。父親の骨を拾ってやれなかったことだ。

「何言ってるの、あのひとのせいでこんな目に遭ってるんじゃない」

麻由美が呆れた声をだした。それはわかっている。腹立たしくてならないのは、ぼくだって同じだ。それでも、親の亡骸を火事場に放置してきたことが後ろめたかった。

「よくわかんない。雅也ってお人好しもいいとこだよ。どっちにしても自分のビルで火葬されたんだから本望だと思う」

感傷的になってる場合じゃない、となじられた。

腕に巻かれた包帯をさすった。さっき麻由美に引っ張られたところがぴりぴり痛んだ。ふと父親の顔が浮かんだ。いつも苦虫を嚙《か》んでいた。気むずかしく思い詰めた顔ばかりしていた。何があったんだろう。息子の知らないところで、いったい何があったんだろう。擦れ違い親子は、結局、最後まで擦れ違いになってしまった。

タクシーは首都高速から東関東自動車道に入っていた。成田空港まで三十五キロ。そんな道路標示が見えた。

初めてのアメリカ滞在は三時間半だった。こんどは、どれぐらいの滞在になるのだろう。車窓の景色を見やりながら、ぼくは小さく吐息をついた。

2

舟が流れていく。

あたしの目の前に引かれた細長い水路を、日本料理の活造《いけづく》りを盛りつける舟が何艘《なんそう》も連なり、ぷかりぷかりと流れていく。

舟には皿が積まれている。いま通過していったのは、海老天《えびてん》とグリーンアスパラガスの海苔《のり》巻きを盛った皿。ほかに、キングサーモンの握りにルッコラを添えた皿。薄切りアボカドの握りにマヨネーズソースをかけた皿。ホタテ貝柱にホワイトソースをかけて焼いたミニグラタン風の料理を載せた皿。色とりどりの見慣れない寿司や料理が舟に揺られてカウンターをぐるぐる回り続けている。

サンフランシスコ、ダウンタウンの中心街。ユニオンスクエアの近くでみつけた「フローティング・スシ・レストラン」にいる。早い話が回転寿司の変形タイプらしく、日本からきた人間の目には奇妙なものに映る。が、この街には同じようなスタイルの店が何軒かあるようで、アメリカ人のお客がけっこう入っている。

とりあえずキングサーモン握りとミニグラタン風を試してみた。キングサーモンはそれなりにおいしかった。ミニグラタン風もまあまあだったけれど、「これ何ですか?」と店の人にきいたら、もともとロサンゼルスで考案されたダイナマイトという名前の料理で、いまや西海岸の寿司屋の定番料理になっているという。

へえ、と驚きながら二枚の皿を食べたところで、皿を何枚も積み上げることは不可能だと悟った。なにしろネタの大きさもシャリの量も半端じゃない。ほかのアメリカンフード同様、回転寿司にもボリューム第一主義が貫かれている。

でも、それはそれで、いまのあたしたちには好都合だ。一食分のお金で、二食分の量が食べられるわけだから、倹約生活には願ってもない。せっかく新婚旅行の続きでサンフランシスコまできたというのに哀しくなってしまうけれど。

雅也は、ふてくされてビールばかり飲んでいる。いましがたひと悶着《もんちゃく》あったからだ。いざこの店に入る段になって、こういう店は気が進まない、としぶりはじめたものだから、腹を立てたあたしが大きな声をだした。

「せっかく日本人がいる店をみつけたんだから、もっと現実的になってよ」

「日本人の店がいいなら、最初からアメリカなんかにこなきゃよかったろう」

「それとこれとは話が違うでしょ！」

これで何度目の喧嘩《けんか》になるだろう。

サンフランシスコに到着して六十一時間と三十分。前回の滞在記録はとっくに塗り替え、すでに三日目の午後に突入しているのだけれど、その間、二人で喧嘩ばかりしてきた。いや違った。正確には、成田空港に着いた直後から幾度となく喧嘩してきた。

タクシーで成田空港に乗りつけてすぐ、航空会社の発券カウンターに走った。一刻も早く日本を脱出しないことには追っ手がやってくる。そんな不安に駆られた。二時間後の十七時発、サンフランシスコ行き。それがいちばん早く出発できる便とわかった。

ところが、ひとつ問題があった。当日購入の航空券は当然のことながら正規料金になってしまう。しかもアメリカに入国する場合、九十日以内の滞在ならビザはいらないものの、不法滞在防止策なのか、帰国用の航空券も提示しなければならない。パックツアーで入国した前回は気づきもしなかったけれど、そうなると、正規料金で往復分を買わなければサンフランシスコには飛べないことになる。

エコノミークラス二人分で六十万円以上した。まともに航空券を買うと、こんなに高いものかと仰天した。とんぼ返りした前回はフリーツアーを利用したのだけれど、サンフランシスコと西海岸の一流ホテルに泊まる七日間ツアーが、二人合わせて六十万円でお釣りがきた。それが航空券のみで六十万円以上では、交通費だけで二人の所持金の大半が消え失せてしまう。

この際、安い韓国にでもしよう。雅也が言いだした。けれど、あたしはサンフランシスコにこだわった。いつかビデオで観《み》た映画のワンシーンが忘れられなかったからだ。ウェディングドレスの花嫁が、タキシードの花婿とケーブルカーのデッキにぶらさがり、サンフランシスコの街を駆け抜けていく。純白のベールをなびかせて、沿道のみんなに笑顔をふりまきながら、海が見える坂を下っていく幸せなツーショット。

映画のタイトルは忘れた。たまたま友だちの部屋で観たビデオだったからだけれど、ぶらさがりシーンだけはずっと頭に焼きついていた。むかし、バイト先で知り合ったオーストラリア人と付き合ったのも、そのシーンの影響だった。雅也には内緒にしているけれど、彼が白人だというだけで映画の花婿とイメージが重なり、東京ディズニーランドのデッキバスに二人でぶらさがって遊んだものだった。

オーストラリア人との恋は、つまらない喧嘩がもとで終わってしまった。それでも、いつか結婚したときは絶対に本物のケーブルカーにぶらさがろう。その気持ちだけは変わらなかった。だから最初に雅也と新婚旅行の計画を立てたときも、サンフランシスコがいいと言い張った。結果的には、こんな悲惨な逃亡旅行になってしまったけれど、それでもせめて、あの夢だけは果たしたいとあたしも意地になり、成田空港の発券カウンター前で口論になった。

「夢もだいじだろうけど、残金が二十万にも満たなくなったんじゃ、向こうでどうやって暮らしていくんだよ」

「それはそれで行ってから考えればいいじゃない」

「行ってからじゃ遅いんだよ」

「遅くない！ でなきゃ、あたしが可哀想すぎる。病室から救出してあげたの、だれだと思ってんのよ！」

あたしの剣幕に雅也は押し黙り、結局は、正規料金を支払ってサンフランシスコに飛ぶことになった。

この喧嘩が尾を引いた。それから飛行機が離陸するまで二人の会話がなかったばかりか、水平飛行に移ってスチュワーデスが運んできたビールを口にしたとたん、雅也がぼやきはじめた。

「爆破に成功してればなあ」

しくじったガス爆破のことをもちだして、ぐちぐち言う。あたしは無視していた。機内のショッピングカタログを眺めて知らん顔していた。それでも雅也のぼやきは続く。

「だいたい、あのとき麻由美が賛成してくれればよかったんだ。二人でセッティングしてれば、つまらないミスも防げたはずだし、それにだいいち」

「いいかげんにして！」

周囲の乗客が振り向いた。

やっぱり一人で逃げればよかった。いまさらながら後悔した。

病室でカーテン越しのやりとりに聴き耳を立てていたとき、いったんは一人で逃げようと決意した。が、借金とりの男に追い込まれている雅也に、ついついほだされてしまい、そっと病室を抜けだして若い看護婦にお小遣いを握らせて、緊急事態だからと病室から連れだささせた。大失敗だった。こんな男とは、あのとき、きっぱり縁を切ってしまえばよかったのだ。

でも、悔やんだところで遅すぎた。すでに飛行機は太平洋の上を飛んでいた。未知の国アメリカでひとり生きていく勇気は、さすがのあたしにもなかった。

この一件で、雅也はすっかり拗《す》ねてしまった。以来、何かといえば突っかかってくるようになり、そのたびにやり合うはめになった。空港のインフォメーションでホテルを紹介してもらうときも、ホテルまでタクシーで行くかエアポーターで行くか揉《も》めたときも、アメリカで最初の食事をステーキハウスにするかバーガーキングにするか迷ったときも、何をするにも口喧嘩からはじまった。

おかげで、あれだけ夢見たサンフランシスコに三日もいるというのに、いまだにケーブルカーには乗っていない。というより、こんな状態では乗りたくもなかった。お金はない、日本には帰れない、そのうえ夫婦仲は最悪。ロマンチックな気分になんかなれるわけがない。

流れる舟を眺めながら、ため息をついた。雅也は不機嫌な表情のまま寿司を食べはじめた。隣では、ビジネスマンらしい金髪男が、握りのシャリをどっぷり醤油《しょうゆ》につけている。醤油にはワサビが山盛りに溶いてある。そんなことをしたら醤油とワサビの味しかしないと思うのだけれど、それがこっちの流儀なのだろう。ほかの客もみんな同じようにして食べている。

思ったとおり四皿も食べたら満腹になった。あたしは箸を置くと、さっき料理の説明をしてくれた日本人の板前に声をかけた。

「仕事を探してるんです」

愛想のよかった板前が急に眉《まゆ》を寄せた。

「どっからきたの?」

三日前、東京からやってきた。夫婦二人、働かせてもらうわけにはいかないだろうかと、たたみかけた。

「ワーキングビザは？」

すかさず問われた。ワーキングビザと通称されるH—1ビザか、永住権を証明するグリーンカードなしには、この国では働けないという。もちろん、夫婦二人ともそんなものは所持していない。

「多いんだよね、あんたたちみたいな日本人が。悪いこた言わない、観光客のままでいなよ」

もし不法就労が発覚したら、移民局に勾留《こうりゅう》されたうえ国外追放に処せられる。その際、雇い主にも罰則が科せられて、おたがいに嫌な思いをすることになる。だから旅情を味わったら、とっとと帰国したほうがいい。夢のアメリカなんて、どこにもありゃしないんだ。板前はそう忠告してくれた。

「だから言ったろう」

店からでたとたん雅也に嘲笑《ちようしよう》された。

「そういう言い方ってないでしょ。あたしだって一生懸命なんだから」

「一生懸命やったって、しょせん一時しのぎのバイトじゃ暮らしていけないんだ。何たらビザだってもってないわけだし、もっと革命的な発想でいくしかないと思うな」

あたしが声を荒らげると、いまあたしたちを追い越していったばかりの黒人男が振り返った。街の真ん中で騒ぎ立てているアジア人を威嚇《いかく》している。そんな目にも見えた。

「もう、でまかせばっかり」

「考え中」

「革命的な発想って？」

ホテルに戻るなりテレビをつけた。テレビを見たいからではなく、ダブルベッドとテレビ以外、何の家具も置いていない小さな部屋にひとりでいると、それだけで気が滅入ってくるからだ。

麻由美はメイシーズに行ってしまった。金もないのにデパートなんか行ってどうする、と言ってやりたかったが黙っていた。また道端で怒りだされてもかなわない。しかし実際、金もないのに、これからどうしようかと思う。むなしく夫婦喧嘩しているあいだにも所持金はどんどん減り続けているわけで、あんな回転寿司ですら贅沢《ぜいたく》な食事に思えてくる。

ユニオンスクエアの西の外れに建つこのホテルは、二人で一泊七十八ドル。このあたりにしては破格の安さだが、それでも三日間居続けているから、すでに二百三十四ドルが飛んでいる。交通費が必要な移動は最小限に抑えて、食事も極力安く上げてはいるものの、このペースでいけば二週間としないうちに所持金ゼロになってしまう。

郊外のモーテルだったら三十ドルから四十ドルで泊まれて、小さなキッチンがついている部屋もあるらしい。昨日、ラッキーという名前のスーパーを覗《のぞ》いたら、米は安いものなら十キロで十二ドル。卵は一ダース一ドルちょい。牛肉は五百グラムほどの塊が三ドル。びっくりするほど安かったから、モーテルに移って自炊生活に切り替えれば、多少は生き長らえられるかもしれない。

せっかくやってきたアメリカで、せこい計算ばかりしていると、いいかげん情けなくなってくる。こんなことで人生、どうなってしまうのだろう。考えるほどに不安が募《つの》ってくる。

ただ一方で、希望がないわけでもなかった。このアメリカでやってみたいことが、ひとつ、見えてきたからだ。

麻由美には黙っていたが、舟の回転寿司で勘定を払うとき、日本人の女店員に尋ねてみた。

「どこかでビルを爆破してませんか」

「は？」

「ビル爆破をやりたいと思ってるんですよ」

「ビル爆破？」

女店員が後ずさった。

「いやその、解体仕事として爆破したいだけで」

「解体仕事として、ですか」

女店員はちょっと考え込んでから小声で続けた。

「ラスベガスなんかだと、よく爆破してるみたいですけど」

「ラスベガス？」

「あ、でも、よくわからないです」

やはり関わらないほうがいいと判断したのか、女店員はそそくさと奥に引っ込んでしまった。

ラスベガスか。

ホテルのテレビを眺めながら、ぼくは腕を組んだ。女店員が言ったように、ほんとうにラスベガスでは、よくビルを爆破しているんだろうか。ラスベガスに行けば、ビル爆破のプロが、たくさんいるんだろうか。

できることならビル爆破の本場で修業してみたい。

そう思い立ったのは、太平洋上をフライトしているときだった。父親のビルをちゃんと爆破できなかったことが悔やまれてならなかった。あの一発勝負にさえ成功していれば、すくなくとも、こんな逃避行に身を投ずるはめにはならなかった。その無念さを反芻《はんすう》しているうちに、だったらこの際、きちんとプロについて爆破を学んでみようじゃないか。そんな思いが頭をもたげてきた。

どうせしばらく日本には帰れないのだ。ワーキングビザがなければ働けない、と板前には言われたが、ビルの解体現場なら話はべつな気がする。いわば土木現場みたいなものだろうから、日本でもそうだが、不法就労と知りつつもこっそり雇ってくれるんじゃないだろうか。

見て見ぬふりをしてもらって一年も働けば、爆破のノウハウぐらい身につくだろうし、ワーキングビザを取得する裏技だって見つかるかもしれない。そして数年後、ほとぼりがさめたころに日本に帰国して、本場の爆破技術を生かしたビル解体会社でも興せば、とりあえず食うには困らなくなる。

もちろん、先の長い話だし、いろいろと問題がないわけではない。とりわけ、言葉の問題は大きい。

麻由美は片言ながらも英語が話せる。オーストラリア人の英語教師に習ったことがあるらしく、身ぶり手ぶりを交えれば日常会話程度なら何とかなる。が、ぼくときたら、成田空港で買った「ミニ英会話読本」と「ミニ英和&和英辞書」だけが頼りの情けない状態で、とても爆破修業どころではない。

となれば、爆破修業は麻由美も一緒でなければならない。会話ができる彼女も巻き込んで二人三脚で取り組まなくてはどうにもならない。

ラスベガスか。

麻由美のリュックに入っていた全米地図をベッドの上に広げた。サンフランシスコとラスベガスの直線距離を調べてみた。八百キロも離れている。飛行機で飛べば二時間で着くようだが、そんな金は使えない。安上がりに行くなら長距離バス、グレイハウンドがいいらしいが、十七時間以上かけての移動になる。

麻由美の不機嫌な顔が目に浮かんだ。

「十七時間もかけて爆破の修業なんかに行くわけ?　馬鹿なこと考えてないで、皿洗いの仕事でも見つけてきてよ」

どう考えても色よい返事がもらえるとは思えない。

どうしたものか。

地図を放りだして、ごろりとベッドに横になった。すると、つけっぱなしのテレビから賑やかな音楽が鳴りだした。マジックショーがはじまったらしい。

奇怪な形のビルが建ち並ぶ街を遠景に、五階建ての古いビルが映しだされている。ビルはすでに廃墟になっているらしく、その全景を空撮カメラが捉《とら》えると同時に、大仰なナレーションが被さった。

「ウラスヴェイイグァス！　ナンヴァァーウワンヌ！　ムィイイラコー！」

かろうじて三つの単語だけ聴きとれた。ラスベガス、ナンバーワン、ミラクル。奇《く》しくもラスベガスからの中継だった。

派手なタキシードを着た男が登場して、目隠しと手錠をされ、鎖で縛られた。さらに男は屈強なガードマンに両腕を抱えられ、廃墟ビルの中に閉じ込められた。

画面がＣＧ映像に切り替わり、これから繰り広げられる衝撃シーンをシミュレートしはじめた。廃墟ビルの一階に仕掛けられた大量のダイナマイトが、どのように爆発してどのようにビルを破壊するのか、画面は徹底検証していく。途中、実写映像もインサートされた。どこやらのビルが爆破されてぐしゃりと潰《つぶ》れる記録映像がつぎつぎに紹介され、廃墟ビルに閉じ込められたマジシャンの運命やいかに、とばかりに煽り立てる。

しつこいほどの前置きが終わったところで、いよいよカウントダウン。廃墟ビルに時計の秒針がオーバーラップして、やがて、「ファイアー!」の一声とともにヘルメット男が起爆スイッチを入れた。

廃墟ビルの一階に閃光《せんこう》が走り、轟音《ごうおん》とともに炎と煙が立ち昇った。強烈な爆発だった。日本のテレビや映画の線香花火が散ったような子ども騙《だま》しとは違い、ダイナマイトが炸裂《さくれつ》するやいなや廃墟ビルは瞬く間に崩れ落ち、塵芥《じんかい》を巻き立てる瓦礫の山と化した。

もちろん、マジシャンは生還した。崩落して燃えさかる廃墟ビルに飛来した消防隊のヘリコプター。不敵な笑みを浮かべて縄梯子《なわばしご》にぶら下がり、颯爽《さっそう》と地上に舞い降りた。

ぼくはベッドから起き上がった。

激しく興奮していた。といっても、マジシャンの生還に興奮していたわけじゃない。一撃のもとにビルを圧し潰した爆破テクニックの凄《すご》さに我を忘れた。

ラスベガスに行こう。ぼくは決心した。麻由美が怒ろうが喚《わめ》こうが、何としてもラスベガスに行って爆破修業をやろう。

ラスベガス郊外のモーテルに宿をとって十一日目になる。長距離バスに長時間揺られてきたときもあたしとしてはうんざりしたものだったけれど、じっとビル爆破を待ち続けてきた十一日間も、それはそれで退屈このうえなかった。

ラスベガスに行く、と雅也が言いだしたときには、ついに残金をギャンブルに賭けるつもりかと思って慌てた。ここで自棄《やけ》になってどうするの。サンフランシスコで頑張って仕事を探したほうが、よっぽどいいじゃない。あたしは反対した。

それでも雅也はラスベガスに執着する。何としても行くんだ、と言い張ってきかない。

「ラスベガスに何があるっていうのよ」

雅也を問い詰めた。言わなきゃここで別れる、とまで言って迫ってようやくのことで白状させた。

「ビル爆破の修業をやろうと思って」

「はあ？」

「ビル爆破の本場で、爆破解体の技術を身につけたいんだ」

「寝ぼけたこと言わないでよ」

呆れた。ガス爆破の失敗が、どれだけ悔しかったか知らないけれど、だからって、そこまで意地になってどうする。

「でもやりたいんだ。本場の技術を身につけておけば、将来、日本に帰ったときに事業だって興せるし」

「けど」

「どうしても麻由美が嫌だって言うんなら、ぼくひとりでも行く。何が何でも爆破をやりたいんだ」

最後はあたしもさじを投げた。爆破なんてあのガス爆発だけでうんざりだったけれど、いまはほかに頼る人間がいない以上、どうしようもなかった。

こうなったらラスベガスで、大金持ちのおやじをたらし込んでやろう。そう思った。白人男は日本人の女に弱いときいたことがある。最悪、体を張ってでも金さえつかんでしまえば、雅也なんかいなくたって生きていける。

ところが、いざラスベガスに着いてみると、大金持ちのおやじをたらし込むどころじゃなかった。ラスベガスに滞在するとなれば当然、カジノつきのホテルだと思っていたら、雅也はさっさと郊外のバス停で降りて、一泊三十ドル、全十二室の安モーテルにチェックインしてしまった。

「あとは爆破当日を待つばかりだな」

部屋に落ち着くなり、雅也は満足そうに笑った。

「当日って、いつなの？」

「十一日後」

「十一日後?」

「大丈夫だよ。ミニキッチンで自炊してれば安上がりだし、冷蔵庫はないけどアイスサーバーの氷は無料で使い放題だし、グローサリーストアも近いから、店が冷蔵庫だと思えばどうってことない」

「どうってことある!」

怒ったところで後の祭りだった。結局は、不《ふ》承《しょう》不《ぶ》承《しょう》、安モーテルに居続けるほかなかった。

こんな安宿に十一日間も滞在している客は、あたしたちぐらいのものだった。おかげで、たまにシャワーが水になることにも、ケーブルテレビの映りが悪いことにも、すっかり慣れた。フロントの黒人おやじ、アルとも仲良くなって、フロント前の自動販売機にコーラを補充しているときに、ひょいと一本くれたりもするようになった。

グローサリーストアのケイトおばさんも、東洋人の若妻をめずらしがってか、笑顔で声をかけてくれる。こっちはオーストラリア人仕込みの片言英語だけれど、オープンに話せば通じるもので、あんたは妙な訛《なま》りのブロークン・イングリッシュを話すねえ、と喜んで、ちょっとした言い回しも親切に教えてくれた。

二十五セントのことはquarter、十セントのことはdimeって呼ぶんだよ。どういたしましてはYou are welcomeよりNot at allのほうが気さくな感じだよ。そんな一口知識も意外に役立つもので、徐々にではあるけれど、英語に囲まれた生活にも馴染《なじ》んできた。

「そろそろ行くか」

雅也が腕時計を見ながら立ち上がった。

待ちに待った十二日目の朝。爆破予定時刻は午後一時だというのに、じっとしていられなくなったようだ。

でも、あたしにとっても待ちわびた日といってよかった。今日こそ、金持ちがうろうろしているラスベガスの中心街に行ける。雅也が爆破に見とれているうちに金持ちをたらし込んで、その場でさよならしてやる。

モーテルの近くからバスに乗った。爆破現場までは二十分ほどかかる。途中、ダウンタウンでラスベガスの中心街をめぐるバス、ＣＡＴに乗り換え、ストリップと呼ばれるメインストリートを南に向かう。

ストリップの両サイドには、エッフェル塔やら自由の女神やらライオン像やらピラミッドやら、こけおどしの奇抜さを競い合うシンボルを模した巨大ホテルが建ち並んでいた。海賊ショーで有名なトレジャー・アイランド・ホテルのかたわらも通った。もともとの新婚旅行計画では、三日目と四日目はここに泊まり、ルーレットとブラックジャックで思いきり遊ぶつもりでいた。賭け金の上限は二十万円にしよう、なんて景気のいい話もしていたというのに、車窓からの景色を眺めるほどに惨めな気持ちになった。

ほどなくして、ヨーロッパの宮殿を模《も》したホテル・クリフトが見えてきた。が、ホテル周辺の道路はすでに閉鎖されているらしく、何ブロックも手前でバスを降ろされた。

ホテル・クリフトは三十年ほど前に建てられた豪華ホテルの草分けだった。長く老舗《しにせ》として頑張ってきたものの、昨今は老朽化が進み、派手なアトラクションを仕込んだ最新の巨大ホテルに押されぎみ。そこで今回、十二億ドルの巨費を投入しての建て替えが計画されたらしい。

ホテルに近づくにつれて、どこからこんなにやってきたのかと思うほどの人波であふれてきた。爆破までまだ三時間以上あるというのに、閉鎖された道路いっぱいに爆破の瞬間を待つ見物客が群れている。

お椀《わん》形のアンテナをつけたテレビ中継車もきていた。すでに中継の準備は完了したらしく、そこらじゅうにテレビカメラがセットされている。あとできいた話では、気持ちのいい晴天だったことも手伝って見物客は一万人に達し、その模様は全米各地にテレビ中継されたという。

最もよくホテルが見えるポイントには、テントを張った見物席も設けられていた。係員がチケットをチェックしている。どうやら見物料をとっているらしい。その脇にはバーベキューやホットドッグを売る屋台が並び、缶ビールや土産品の売り子も行き交っている。テントの正面にはステージも組まれていた。テンガロンハットにギターを抱えたおじさんが、頭のてっぺんから抜けるような声でカントリーソングを歌っている。早い話がラスベガスでは、ビル爆破もショーのひとつと考えられているらしく、周囲のホテルのバルコニーからも宿泊客がドリンク片手に高みの見物を決め込み、現場全体がお祭り騒ぎに浮かれているのだった。

日本人らしい観光客も、ちらほら見かけられる。でも見物客の大半はアメリカ人で、家族連れやカップル、現役を引退した老夫婦といった人たちが、のんびりと爆破の瞬間を待っている。

この雰囲気なら、カジノに行かなくても金持ちと出会えるかもしれない。そう期待しながら、あたしは人込みをかきわけ、早足で歩いていく雅也の背中を追った。

やがて雅也は、建物まで五百メートルほどの場所で立ちどまった。かぶりつきとまではいかないものの、なかなかの見物ポイントだった。周囲には金持ちっぽいおやじも何人かいる。

椅子も敷物も用意してこなかったから、アスファルトに直接、腰を下ろした。金持ちっぽいおやじたちもそうしているから、同じようにしていればきっかけづくりになるかもしれない。

品定めをしていると、だれかに声をかけられた。

「イラシャイマセ」

一瞬、何を言われたかわからなかった。が、どうやら日本語で挨拶しているらしい。

声の主は白人のおじいちゃんだった。缶ビール片手にアルミの折りたたみ椅子に腰かけている。大柄な体にベースボールキャップとチェックのシャツ。顔半分を覆った白い髭《ひげ》の奥に、ひとなつこい笑みを浮かべている。

金持ちには見えなかった。でも、いまどきのアメリカの金持ちは金持ちっぽく見えない。そんな話をきいたことがある。コンピュータで大儲けしたビル何某とかいう世界一の金持ちは、ぱっとしないシャツを着てハンバーガーを食べているらしい。見た目で判断すると、せっかくのチャンスを逃すかもしれない。

あたしは目いっぱいの笑顔をつくり、こんにちは、と挨拶を返してから英語で話しかけた。

「すごい騒ぎですね」

おじいちゃんは肩をすくめた。

「いやいや、アラジン・ホテルのときはもっとすごい騒ぎだったぞ」

ゆっくりと缶ビールを口に運ぶ。その右手の指が二本足りないことに気づいた。親指と人差し指と中指だけで缶ビールを握っている。見てはいけない気がして目を逸《そ》らしたとたん、おじいちゃんが片目をつぶり、

「ジャパニーズのやくざより一本格上だろ?」

大きな笑い声をたてた。ついあたしも笑ってしまったものの、慌てて話題を戻した。

「で、アラジン・ホテルのときってどうだったんですか?」

「そりゃもう、すごい爆破だった」

おじいちゃんは遠い目になった。

アラジン・ホテルは、エルビス・プレスリーが結婚式を挙げたことでも知られる有名ホテルで、一九九八年に爆破解体されたという。そのときの見物人は二万人あまり。テントの見物席は最高二百五十ドルまで跳ね上がった。今日のテント席は百ドル程度だから、その二倍半に高騰したわけだ。

当然、テレビ局も注目した。三つのネット局が駆けつけ、爆破の瞬間は全米に向けて生中継された。

それはもう壮大な爆破ショーだった。ホテルにセットされたダイナマイトは六百ポン

ド。起爆した瞬間、朽ちかけていたホテルの外枠はあっけないほど脆《もろ》く崩れ落ち、巻き上がった塵芥《じんかい》は高度三千フィートに達し、敷地に積み重なった瓦礫は五千万ポンドにもなった。

「あんな素晴らしい爆破はなかったな。一九九五年のランドマーク・ホテル、一九九六年のサンズ・ホテルと、ラスベガスではここ十年ほど、でっかい爆破が続いたんだが、あれほど感動的なクラッシュはまず当分ないだろうなあ」

飲み干した缶ビールの缶をくしゃりと握り潰して天を仰ぐ。

もちろん、これだけ複雑な話をすんなりと理解できたわけじゃない。おじいちゃんがしゃべるたびに、パードン？　パードン？　としつこいくらい聴き返して、隣で耳をかたむけている雅也に何度も辞書を引いてもらい、やっと話の内容を理解することができた。またおじいちゃんのほうも、なかなか辛抱強い性格らしく、ゆっくりしゃべってくれたり、どこで覚えたのかバクダンとかスバラシイとか日本語も交《まじ》えながら丁寧に説明してくれた。

よくしゃべるおじいちゃんだった。あたしたちが妙に感心していたせいもあるかもしれないけれど、あのときの爆破はああだった、このときの爆破はこうだったと、つぎからつぎとビル爆破の逸話が飛びだしてくる。大きな爆破現場は、かならず見にいっているし、規模は小さくても南北戦争時代に建てられた教会とか、古いレンガ積みの煙突とか、趣のある建造物の爆破現場もまず見逃さないという。あげくは、

「来週も隣町で、ちょっとおもしろいやつがある。あんたらも興味があるんだったら見物しにいったらどうだ」

しきりに勧められた。さすがビル爆破の本場には、爆破見物のオタクがいるんだなあ、とあとで雅也と笑い合った。

ただ、笑いながらも、たかがビル爆破にこれだけ入れあげているおじいちゃんの一途《いちず》さを、うらやましく思った。その場のなりゆきで生きてきたあたしには、ここまで打ち込めるものはない。

ついでに日本語のこともきいてみた。なぜおじいちゃんは、いろんな日本語を知っているのか。

「むかしヨコタにいたもんでね」

「ヨコタ?」

首をひねると、横田基地のことじゃないかな、と雅也が補足してくれた。一九五〇年代、朝鮮戦争のころというから、遥かむかしの話だ。かつての在日米兵は、爆破見物オタクになっていた。そう思うと、変わり者は変わり者なのだろうけれど、奇妙な縁を感じ

た。

サイレンが鳴った。

会話が弾んでいるうちに、またたくまに爆破時刻になっていた。

お祭り騒ぎの現場が静まり返った。どこからか、ポッ、ポッ、ポッと時報のような音がきこえる。いよいよだ。

拳《こぶし》を握って身構えたとたん、その瞬間はやってきた。

ずしんと押し殺した轟音とともに、腹の底から叩きつけるような地響きが広がり、ホテル・クリフトの一階部分が土煙を巻き上げて弾けた。その直後に、十八階の最上階の右肩がふわりと沈み込み、右側の各階が波打つようにひしゃげ、続いて左肩も沈み込んだと思うなり、あとは一気に建物全体が真下に吸い込まれるように圧し潰されていった。

スローモーション映像を見ているようだった。音と振動の迫力に体の底が震え、直に座っているアスファルトを伝って思いがけない快感が突き上げてきた。

何なのこれ。

あたしは息を呑んだ。それはどこか女だけが知っている絶頂にも似ていた。気持ちよかった。あまりの気持ちよさに陶然となった。

これなのか。おじいちゃんは、これに魅せられたのか。理屈ではなく体でそれを理解した。

癖になるかもしれない。あたし、ビル爆破の虜《とりこ》になるかもしれない。

爆破を見守っていた観衆から喝采《かっさい》が沸き上がった。拍手と歓声と指笛が鳴り響くなか、舞い上がった塵芥の煙幕が、ゆっくりと晴れ渡っていく。

気がつくと、さっきまでホテルがそびえていた空間に、ぽっかりと青い空が広がっていた。

「ハーイ、ぼくは日本からきたマサヤだ」

日焼けした顔でヘルメットを被っている男に、精いっぱい陽気に声をかけた。彼が現場の責任者だと当たりをつけて、直訴することにした。

ヘルメットの男が不審顔で立ち止まった。ぼくは勢い込んで英語でまくしたてた。

「きみは知らないだろうけど、このぼくほど爆破現場で役に立つ男は、まずいないぜ。これでも日本じゃビル爆破名人のマサヤとして、ちょっとは知られた男なんだ。まあ試しに雇ってみろよ。きみの部下の十倍の働きをすることは請け合うぜ。何ならいまから、ダイナマイトの一本二本、爆発させてみせようか？　なあに心配することはない。きみが屁《へ》をひりだすより早く正確に、どかんと一発かましてやるぜ。どうだい、オッケーかい?」

自己主張の国アメリカでは、ユーモアを交えた気さくな態度で、たとえできないこともできると言い張り、堂々と自分を売り込まなければ生き残れない。いつかそんな話をきいたことがある。そこでここ数日、麻由美に手伝わせてセールストークを練り上げ、必死の思いで暗記してきた。

正直、人見知りの気《け》があるぼくにはきつかった。会社勤めのころ、初対面の相手に売り込みにいくのが嫌で逃げ帰ってきたことも一度や二度じゃない。だが、いまはそんなことは言っていられない。無理やりでも自己主張しないことには明日がない。恥も外聞《がいぶん》もなく思いきりテンションを上げた。

ところがヘルメット男は肩をすくめる。発音が悪かったのかもしれない。もう一度、セールストークを繰り返した。男の表情が固まっている。わけのわからんチャイニーズ野郎め。そんな顔をしている。こうなるといけない。頭の中が真っ白になったぼくは立ち往生した。

そこに麻由美が割って入ってきた。爆破なんか大嫌い。あたしはついてくだけ。そう言い続けていたくせに、ひとなつこい笑顔を武器に、身ぶり手ぶりを交えて交渉しはじめた。

ヘルメット男が表情をゆるめて麻由美に告げた。

「おれは人事担当じゃないんだ」

「じゃあ、だれか紹介して」

麻由美が食い下がる。ヘルメット男は困惑しながらも、そばにいた仲間に目顔で救いをもとめた。仲間が笑いながら、連れていってやればいいじゃないか、というジェスチャーを返してきた。健気《けなげ》に詰め寄るアジア女にほだされたようだった。

カマン、とヘルメット男が顎《あご》をしゃくった。

ピックアップトラックに乗せられて爆破現場から十分ほど離れたオフィスビルに連れていかれた。エレベーターで五階フロアまで上がった。ガラスドアで仕切られたオフィスの入口には、世界一の爆破解体会社、というキャッチフレーズを冠した社名が掲げられている。『ケネス・インプロージョン社　ラスベガス・オフィス』。本社はロサンゼルスにあるようだが、ビル爆破が日常化しているラスベガスに現地事務所を設けているらしい。

受付でしばらく待たされた。ヘルメット男が、背の高いスーツ姿の白人男を引っ張ってきた。スーツの男は、ぼくたち夫婦を一瞥《いちべつ》するなり小さく肩をすくめて打ち合わせコーナーに促した。

さっそく麻由美がセールストークを反復した。ここでも麻由美が頑張ってくれるつもり

らしい。スーツ男は黙って耳をかたむけていた。そして、麻由美の売り込みがひと通り終わったところで、

「ワーキングビザは？」

と質《ただ》してきた。

「そのうちとります」

麻由美が答えた。

それまでは現場の雑用でも何でもいいから、こっそり働かせてほしいんです。わたしたち、本場のビル爆破テクノロジー、日本に持ち帰りたいんです。日本には古いビル、たくさんあります。ビッグマーケットです。将来は、あなたたちのグッドパートナーになって日本マーケットへの進出に役立ちたいと考えてるんです。だから、どうかプリーズ、雇ってほしいです。わたしたち、きっと、あなたたちの会社に利益、あげます。

麻由美は懸命に訴えた。とたんにスーツ男が笑いだした。

「いいかい、きみたち。これでもうちは、世界ナンバーワンの爆破解体カンパニーだ。わけのわからない不法就労者にサポートしてもらわなくても、ビジネスチャンスぐらいなんたらかんたらだから、きみたちの手助けなんか、なんたらかんたらで化学プラントも巨大製鉄所もなんたらかんたら爆破してなんたらかんたらなんだよ、アンダースタン？」

スーツ男は、こっちの英語力を無視して早口でしゃべった。途中からはまったく理解不能だったが、鼻先であしらわれていることだけは伝わってきた。

でも麻由美は諦《あきら》めない。

「プリーズ」

上目遣いで体をくねらせながら懇願している。

それでもスーツ男は取り合うことなくヘルメット男に向き直った。なんでこんな外国人を連れてきたんだ、と文句を言っている。勘弁してくださいよ、おれだって人助けと思ったわけで。ヘルメット男が弁明している。しかしスーツ男は聴く耳をもたず、上着の内ポケットから携帯電話をとりだした。

「いますぐ移民局に通報してもいいんだがな」

不思議なもので、この脅し文句だけはしっかり聴きとれた。

雅也が日本に電話している。

アメリカにきて以来、何度か受話器を手にしたものの、ダイヤルボタンを押せないでいたのだけれど、今回ばかりは里心がついたのだろう。電話せずにいられなくなったようだ。

フロントのアルが、「ジャパンだろうがチャイナだろうが部屋からダイレクトにかけられる」と教えてくれた。夜のネバダ州のモーテルから早朝の東京近郊都市を呼びだした。呼びだされたのはタカシらしい。いまの雅也にとってタカシは、日本にいる唯一の親しい人間といっていい。

「いやあ、アメリカは最高だよ」

雅也は強がりを連発した。タカシには弱みを見せたくないらしく、国際電話代が気が気じゃないくせに、長期滞在型の新婚旅行をやってるから遊びにこいよ、なんてことを言っている。

ついでに小野寺金物店ビルのようすも探っていた。帰国したらどんな状況に置かれるのか。それはあたしとしても気になるところだ。

「どうだったの?」

電話を切った雅也に尋ねた。

「どうなるんだかなあ」

雅也は頭を掻《か》いた。

焼け残った自宅ビルは、その後、ビニールシートで覆われたまま放置されている。一時、警察や消防の関係者が事情聴取にきていたものの、隣の文房具屋の鴨志田さんが矢面に立ってくれて、とりあえずは不慮の事故ということで片がついたらしい。ガス管や目張りが発覚したのかしなかったのか、詳しいことはわからない。が、父親は死亡、息子夫婦は行方不明、ほかに親族は見当たらず、とりたてて被害者もいないことから穏便な決着がはかられたのかもしれない。

借金がらみのトラブルについては、タカシにきくわけにはいかない。ただ、警察や消防が引き上げたあと、ダークスーツの男たちが黒こげのビルのまわりをうろついていたらしい。

「おまえらの事情は知らねえけど、新婚旅行は早めに切り上げたほうがいいんじゃねえか？」

最後にタカシが、それとなく気遣ってくれたという。なあに、心配するなよ。雅也は笑って受話器を置いたものの、タカシに気遣われたことが、かなりこたえたようだ。

「どうなるんだかなあ」

雅也はまた同じセリフを繰り返すと、モーテルのベッドに仰向けに倒れ込み、あたしの手を引っ張った。

あたしはベッドの端に腰かけていた。やめて、と手を払いのけると、新婚初夜もまだじやないか、とまたつかまれた。

こっちにきてからそういうことは一度もしていなかった。夜中にふと不安と寂しさが募って、隣に寝ている雅也に擦り寄ったことは何度かある。でも、それはそれだけのことで、とてもそれ以上の気持ちにはなれなかった。

雅也はしつこかった。いくら手を払っても諦めないものだから、

「いいかげんにして！」

ひっぱたいてやった。雅也は鼻息を荒くして背中を向けた。

うんざりした気分でテレビのリモコンを手にした。何十チャンネルもあるケーブルテレビの番組をザッピングしていく。バスケットボール番組にクッキング番組にロック番組に通販番組にお色気番組。もちろん、どれも見る気にならない。すぐにスイッチを切ると、リモコンを投げつけた。壁紙が剝《は》げた壁にリモコンが当たり、床に転げ落ちる。

そのときだった。

「帰るか」

背中を向けた雅也が呟いた。

いまさらそんな、と思った。こんな状態で帰ったところでどうなるというのだろう。本場の爆破技術を身につけて帰国する夢は、どこにいったのか。

「一度断わられたぐらいで何よ。また売り込みにいけばいいだけの話じゃない」

雅也が振り返った。

「どうしたんだよ、あんなに嫌がってたくせに」

「べつにそういうわけじゃ」

「売り込みのときも、やけに一生懸命だったし、どうしちまったんだ？」

「そうじゃないの。そんなに簡単に諦めちゃう雅也の態度が許せないだけ」

嘘《うそ》だった。

ホテル・クリフトの爆破解体を目《ま》の当たりにして以来、あたしの中の何かが変わっていた。建物が爆破によって崩落する一瞬の快感を、もう一度味わってみたい。いや、もう一度どころか何度でも味わってみたい。そんな思いが抑えきれなくなっていた。

金持ちに取り入ろうという姑息《こそく》な考えも、どこかに吹き飛んでいた。ホテル・クリフトが崩れ落ちた瞬間、爆破見物オタクのおじいちゃんがあんなに夢中なわけが直感的にわかった。と同時に、思いがけない気持ちが頭をもたげてきた。あたしもビルを爆破してみたい。

「とにかく諦めるのはまだ早いと思うの」

「けど、あと一週間もしたら無一文なんだぞ」

「あと一週間ぶんもお金がある」

「一週間で何ができる」

「一週間は七日間、七日間は百六十八時間。それだけ時間があれば何だってできる」

「何ができる？　具体的に言えよ。たった百六十八時間で何ができる？」

雅也が声を荒らげた。

「隣町に行ける」

「隣町？」

「おじいちゃんが言ってたじゃない。来週、隣町で爆破があるって」

「そんなもの見にいったって」

「見にいったからこそ、あのおじいちゃんとも知り合えたんじゃない。チャンスは現場に転がってるのよ」

「ワーキングビザは？」

「泣きついてでも土下座してでも情にすがれば、そんなものなくたって何とかなる。ここまで追い詰められたんだから、がむしゃらにいくしかないじゃない。お金がなくなったら物乞《ものご》いでも何でもすればいい。あたしの体売ったっていい。そのぐらい腹は括ってるんだから」

「馬鹿なこと言うな」

「じゃあ帰国してどうなるっていうの？　日本に帰ったってお金がないのは同じことだし、借金まで待ちかまえてる」

雅也が再び背中を見せた。あたしは続けた。

「隣町の現場で、また売り込んでみようよ。それでだめならまたべつの現場に行こうよ。いまのあたしたちに、ほかに何ができるっていうのよ。雅也は爆破に魅せられたんじゃなかったの？　本場の技術を身につけて、ゆくゆくは日本で事業を興すんじゃなかったの？」


どこが隣町だというのだ。

爆破見物オタクのじいさんは、キングなんたらいう隣町だと言っていた。グローサリーストアのおばちゃんに尋ねたら、そりゃキングマンだね、「ルート66」って歌にも出てくる町だよ、と下手くそな歌を歌って教えてくれた。そんな歌は、ぼくも麻由美も知らなかったが、とにかく行くだけ行ってみよう。覚悟を決めてバスに飛び乗ったまではよかったが、いざ走りだしたらちっとも着かない。

賑々《にぎにぎ》しいラスベガスの中心街を抜け、土埃《つちぼこり》と岩とサボテンだらけの大地を貫く道路に入り、バスはひたすら走り続けた。ラスベガスに移動してきたときも、砂漠ばかりの退屈な道程にはうんざりしたものだったが、それにもまして殺風景な景色がどこまでも広がっている。途中、州境を越え、ネバダ州からアリゾナ州に入った。それでも着かないから、業を煮やして運転手にきいたものの、あとちょっとだ、と無愛想な返事しか返ってこない。

結局、キングマンのバスターミナルに降り立ったのは出発してから四時間後のこと。あとできいたらラスベガスから百二十五マイル、およそ二百キロほど離れた町らしく、バスに十五分も揺られれば着くと思っていたぼくとしては呆れるほかなかった。

それでも麻由美は笑っている。

「これがアメリカの感覚なのよ。よかったね、早めに出発しといて」

よく笑っていられるものだ。麻由美の説得に負けて行動は起こしたものの、あらためて不安が頭をもたげてくる。バス代も相当かかったことだし、いよいよ物乞いする日も間近かもしれない。

「暗い顔してないで何か食べようよ」

こんなときでも女は現実的だ。お腹《なか》すいちゃった、とさっさと歩きだす。

この国ではよく見かける、ガソリンスタンドに併設されたコンビニに飛び込み、ターキーサンドイッチと缶入りペプシを買った。バスターミナルの近くのデニーズにもそそられたが、そんな無駄遣いはしていられない。

それにしても、こっちにきてよくコーラを飲むようになった。同じ七月初旬でも東京よりはるかに気温が高いうえ、ひどく乾燥しているものだからすぐに喉が渇いてしまい、手軽に買えるコーラを何度も飲んでしまう。

店頭で立ち食いして腹と喉を満足させたところで、店番をしていた白人のおやじに爆破現場を尋ねた。とたんに、おやじが眉を寄せた。まあ無理もない。それでなくてもこのあたりでは見かけない東洋人カップルが、なぜか爆破現場を知りたがっている。わけありだと思わないほうがおかしい。

「友だちに会いにきたの」

麻由美が慌てて言い添えた。爆破見物オタクのじいさんの風貌《ふうぼう》を告げ、爆破現場で会う約束になってるのよ、と笑顔を向けた。

コンビニのおやじが一転、相好《そうごう》を崩した。いつものように麻由美の笑顔が効果を発揮したようで、それなら南の外れにあるパブリックホールじゃないかな、と簡単な地図まで描いてくれた。五十年以上も前に建てられたレンガ積みの建物らしい。

お礼がわりにもう一本コーラを買い、ジーンズの尻ポケットに財布をしまいながら店をでた。そのとき声をかけられた。

「どっからきたんだい？」

ひとの良さそうなにいちゃんだった。彼も東洋人をめずらしがっているのかもしれない。麻由美に倣《なら》って愛想よく、日本からきたんだ、と応じた。するとにいちゃんは、へらりと笑みを浮かべると固いものを突きつけてきた。拳銃だった。

身がすくんだ。ここはアメリカだ、玩具《おもちゃ》ということはないだろう。映画やテレビではよく見かける場面だが、いざ自分が遭遇してみると怖さより先に、なんで？　という戸惑いを覚えるから不思議だった。

「お金お金」

麻由美に脇腹を小突かれた。

我に返って財布をとりだした瞬間、ひょいとかすめとるように奪われた。にいちゃんは歩道を駆けだして、またたくまに交差点の角を曲がって消えてしまった。

ぼくは茫然《ぼうぜん》としていた。あっけないものだった。傍目《はため》には強盗に遭ったというより、街角で待ち合わせた友だちに財布を貸してやった、そんなふうにしか見えなかったに違いない。

すかさず麻由美が怒りだした。

「財布ごと渡してどうすんのよ」

だが、いまさら非難されたところで、本物の拳銃を突きつけられていたのだ。命が助かっただけでもラッキーというものだ。

「ラッキーなわけないでしょ。お金や財布をうかつに見せちゃいけないって、ケイトおばさんからも忠告されてたのに」

「そんなむずかしい英語、聴きとれるわけないだろが」

「けど雅也は、オー・イエースって言ってた」

「そんなもの、単なる相槌《あいづち》だ。どっちにしろパスポートはリュックの中なんだ。金盗《と》られたぐらいでがたがた言うな」

「何よそれ、さっき金がもったいないからデニーズはだめだって言ったの、雅也じゃない」

「コンビニのサンドイッチも悪くないねって、麻由美も言ったろう」

「良いねとは言ってない!」

不毛な喧嘩だった。麻由美と言い争いながらも、やり場のない虚《むな》しさがこみあげてくる。

なけなしの現金は、すべてあの財布に入っていた。ポケットにちゃらちゃらと小銭が残っているほかは、すっからかんになってしまった。盗難届をだすことも考えた。が、それで金が戻ってくるわけはないし、何より、不法就労しようとしている人間が警察に出頭してどうする。それでなくても得体の知れないアジアンカップルだ。疑われないわけがない。

最悪の事態だった。かすかな希望を託して、やっとのことで「隣町」に辿《たど》り着いたというのに、いきなり崖っぷちに立たされてしまった。

この国には家族連れのホームレスがいる。サンフランシスコの街をうろついているのを見てびっくりしたものだが、子ども連れで街角に暮らしている人間がほんとうにいる。ぼくたちもこのまま夫婦ホームレスになって、やがては子連れホームレスになってしまうのか。いや、それはない。だいいち、子連れになるまで生きていられる保障がない。

やはり意地でも爆破会社にもぐり込まなければならない。でなければ、ほんとうに麻由美に体を売らせるはめになる。

悲壮な覚悟で爆破現場を探した。周囲の人間に極力注意を払いながら街を歩いた。行き交う人間がみんな強盗に見えた。近ごろは盗難パスポートが高値で売り買いされる時代だ。このうえパスポートまで奪われたら万事休すだ。

五分としないうちに街の南外れに着いた。田舎町だけに、スーパーや銀行など大きな建物が並ぶメインストリートは五百メートルほどしかなかった。

バスで通過してきた町も、たいてい似たようなものだった。ハイウェイを降りると、まずガソリンスタンドがあって、つぎにハンバーガーチェーン店、ファミリーレストラン、自動車ディーラーと続き、やがてモーテルやホテル、クリーニング店やレンタルビデオ店などがあらわれ、気がつくと中心街に達している。そんなパターンだ。

パターンどおりの中心街を抜け、商店街から住宅街に切り替わってすぐ、小高い丘に目指すパブリックホールはあった。

レンガ積みの古びた三階建て。といっても各階の天井が高く、寄せ棟とでもいうのか、勾配《こうばい》のついた屋根になっていることから、見た目は四階建てぐらいの高さがある。それなりに歴史のある建物なのだろう。建物のかたわらには屋根を見下ろす大木が茂り、広い前庭には芝が張られ、前庭の真ん中には国旗掲揚ポールが立っている。

爆破が予定されている施設だけに、もちろん手入れはされていない。白い木枠に囲まれた窓ガラスはあちこちで破れ、国旗掲揚ポールは赤錆《さ》び、芝生のところどころは地肌が剝《む》きだしになっている。建物や前庭を含む敷地全体が、キープアウトの札を下げたロープで囲われていることも手伝って、世間から置き去りにされた空気が漂っている。

見物人はいなかった。ラスベガスの現場では呆れるほど集まっていたというのに、人垣も屋台もお祭り騒ぎもない。爆破まで時間があるからなのか、ランチタイムのためなのか、ヘルメット姿の爆破技師も見当たらない。この一画だけがゴーストタウンのように静まり返っている。

どうなってるんだ。

すでに午後一時を回っているというのに、見物人はともかく、爆破会社の人間もいないのでは困ってしまう。ほんとうに爆破が実施されるのか、それすら心配になってくる。

戸惑っていると、ふいに麻由美が走りだした。ひょいと進入禁止のロープを潜《くぐ》り抜け、建物のかたわらの大木に向かって一目散に駆けていく。

仕方なくぼくもロープを潜った。すでに麻由美は大木の近くにいる。そのとき、大木の陰で人影が動いた。根元に座り込んでいただれかが、ゆっくりと立ち上がった。大柄な男だった。麻由美が片手を挙げて呼びかけた。

「おじいちゃん！」

爆破見物オタクのじいさんだった。ちゃっかり現場に入って昼飯を食べていたらしい。

麻由美がじいさんに飛びついた。白髭《しらひげ》のじいさんが微笑《ほほえ》みながら抱きとめる。ぼくも息を弾ませて駆け寄った。じいさんが麻由美の肩を抱きながら挨拶した。

「イラシャイマセ」

「一緒に連れてってほしいの」

挨拶もそこそこに、あたしは懇願した。

お金目当てに取り入ろう、なんていう気持ちはもうなかった。おじいちゃんと一緒に現場めぐりをしたいと思った。そうしていれば、いつか爆破会社に潜り込めるかもしれない。

「そんなに爆破に惚《ほ》れたかね」

おじいちゃんは満面に笑みを浮かべていた。日本人の娘が、こうまで爆破見物に興味を抱いてくれたことが、うれしくてならないようだ。

「爆破見物がしたいだけじゃないの。あたしの手でビル爆破をやってみたいの。爆破現場をめぐり歩きながら、修業させてくれる爆破会社を見つけたいの」

もうすぐ無一文になる状況も包み隠さず告白した。

「そういうことかい」

おじいちゃんは眉を寄せて腕を組むと、

「ビル爆破で食べていくとなると、並大抵じゃないぞ。人並み外れたガッツと時間と経験が必要だ。金を稼ぎたいなら、もっとほかにいい方法があると思うがな」

あたしの目を覗き込む。

「お金のためだけじゃないの。あたし、こんな気持ちになったの初めてなの。あの爆破のとき、知らない自分が目を覚ましちゃったの」

この歳《とし》になるまで、自分から何かやろうと前向きになったことは一度もなかった。気楽そうだから。面倒臭くなさそうだから。なりゆきだから。すべて基準はそれだけだった。恋愛や結婚ですら同様だっただけに、あたしには一生、夢中になるものなんかないだろうと思い込んでいた。

「もちろん、最低限、食べていくお金も必要だけど、それ以上に、いまはビル爆破をやりたい気持ちでいっぱいなの」

おじいちゃんは腕を組んだまま髭を撫《な》でている。無鉄砲な娘の扱いに困っているようにも見える。

「ハズバンドも同じ気持ちなのかい？」

おじいちゃんが雅也に視線を向けた。

雅也はきょとんとしていた。いつものように辞書を片手にしているものの、ヒヤリングできないでいるらしい。無理もない。かなり英語慣れしてきたあたしですら、パードン？

を連発する四苦八苦の会話だった。

　かわりにあたしが答えた。

「この人も爆破をやりたいって言ってたけど、どこまで本気かわからない。一度断られたぐらいで日本に帰ろう、なんて言いだす始末だし」

「だとすると、きみが困るんじゃないかね？　わしについてきたところでハズバンドが日本に帰ると言いだすかもしれない」

「そのときは見捨てる」

　言いきった。

「あたし、やっと覚悟ができた。もしこんどそんなことがあったら、この人は見捨てる」

おじいちゃんが唇を噛んだ。あたしを持てあましているのか、呆れているのか、よくわからない表情だった。

　雅也はまだ困惑している。緊迫した空気は察しているようだけれど、いまだに会話の内容がわからないでいる。

おじいちゃんが、ふう、と吐息をついた。それから、ひょいと顎をしゃくると、無言でパブリックホールのエントランスに向かって歩きだした。

一緒にこい、ということらしい。おじいちゃんの背中を追った。雅也もわけがわからないままついてくる。

エントランスの大きな扉の脇にヘルメットが一個、転がっていた。おじいちゃんはそれを拾い上げると、あとからきたあたしに被せてくれた。ひとつしかないもんでな。雅也に詫《わ》びてから扉に手を伸ばす。その瞬間、タイミングよく内側から扉が開けられ、ヘルメット姿の若い男があらわれた。サンフランシスコではよく見かけたけれど、このあたりではめずらしい黒人だった。

「ダニーだ」

おじいちゃんが紹介してくれ、わしはボブだ、と付け加えた。

あたしたちも自己紹介して日本式にお辞儀をした。ボブがおどけてお辞儀を真似た。かわいい仕草だった。あたしは密《ひそ》かに、ボブじい、と愛称をつけた。

「見物人を連れてきた」

ボブじいが告げると、ダニーがパブリックホールに導いてくれた。入ってすぐのところに、天井の高いゆったりした玄関ホールがあった。黴臭《かびくさ》さが鼻をつく薄暗いホールの中は、内装インテリアがきれいに取り払われて廃墟のごとき空間になっている。

何かに躓《つまず》いた。削岩《さくがん》ドリルが転がっていた。近くには木製ドラムに巻かれた色とりどりの電気コードが置かれ、その奥には木箱がたくさん積まれている。映画やドラマで見た記憶がある木箱だった。

「ダイナマイトだ」

ボブじいが言った。最近は、ほかの爆薬をメインに使っている連中も多いが、わしはダイナマイト特有の抜けた爆裂音が好きでな。そう説明しながら、パンと手を打ち鳴らしてみせる。

　ちなみに今日は、さっき躓いた削岩ドリルでレンガ壁に孔を穿ける作業をしているという。穿孔が終わったら、ダイナマイトに起爆用の電気雷管をつけて孔に装塡する。「削岩ドリル」「起爆」「電気雷管」といった単語は雅也に調べさせて理解した。

「オタクだけに技術にも詳しいなあ」

　雅也が辞書を引きながら感心している。これには笑った。まだ気づいていないらしい。

　ボブじいの説明は続いた。ダイナマイトを装塡したら、より広い開口部を確保するためにエントランスの扉や窓を排除。電気雷管につながる導線を慎重に結線したら、最終チェックを何度も行ったうえで周辺住民に警報を発令。周囲の道路を通行止めにして最後の警報を鳴らしたら、いよいよ起爆スイッチを入れて爆破。そんな段どりだったけれど、ただ、ちょっと予定が狂うかもしれないという。

「雷になるかもしれんのだ」

ボブじいは白髭を撫でた。このあたりではめったにないことだが、三十マイルほど西で雷雲が発生した。もし雷雲が近づいてきたら、雷管に電気が走って誤爆の恐れがあるため、現場から避難して警戒しなければならない。

「とにかく毎度毎度、危険と隣り合わせ。それがわしらの仕事でな」

雅也が耳打ちしてきた。

「このじいさん、爆破技師なのか？」

「遅いよ」

あたしが苦笑すると、

「だけど自分で爆破してるくせに、なんでよその爆破を見にいったりするんだ？」

馬鹿なことをきく。ほかの音楽家の演奏を聴かない音楽家はいない。ほかの作家の本を読まない作家もいない。ほかの現場を見にいく爆破技師がいて当然じゃない。

あたしが言ったとたん、雅也が床に這《は》いつくばって叫んだ。

「エンプロイ！」

ボブじいに土下座している。

あたしは顔を伏せた。どこまで間抜けな男なんだろう。本人は頼んでいるつもりらしいけれど、雇え、と命令しているのだった。

3

アメリカで露天風呂に浸《つ》かれるとは思わなかった。ぼくも一応は日本人だ。シャワーばかりの毎日にうんざりしていただけに、これには子どものように浮き立ってしまった。

サンフランシスコまで車で二時間の距離にある標高五百メートルほどの山の中。セコイヤの森と同居するように、ボブじい御用達の温泉場「マービン・ホット・スプリングス」はあった。

温泉場といっても日本のそれとは似ても似つかない。なにしろ敷地だけで千二百エーカーある。そう言われてもぴんとこないが、坪に換算してみたら百五十万坪。これでもぴんとこないが、日本の標準的な建売り住宅が五十坪とすれば三万戸相当。これはもう一大ニュータウン並みの広さというわけで、過密商店街育ちのぼくからしてみれば目眩《めまい》がするほど広大な温泉リゾートだった。

ただし、敷地の大半は山だ。正面にマウント・マービンを望む山間《やまあい》に点々と、プールのごとき露天風呂があったり、サウナスパがあったり、ティーハウスがあったり、宿泊コテージがあったり、アジア式マッサージハウスがあったり、変わったところでは瞑想《めいそう》ハウスまであったりする。

なぜ瞑想ハウスなんだろう。尋ねたところ、ここは東洋の精神世界に憧《あこが》れるニューエイジ運動にかぶれた連中がつくった施設だという。となると訪れる客層も神がかった連中ばかりかといえば、そうでもないらしい。

「わしもそうだが、ほとんどの客は瞑想だの神秘体験だのには興味がない。ただ、のんびりと温泉に浸かるのが好きなふつうのアメリカ人ばかりだよ」

ボブじいは言った。三回リピートしてもらってようやく聴きとれたが、おそらくそう言ったと思う。

しかし、はたしてそれがふつうのアメリカ人かどうかは疑わしい。たいていのアメリカ人は、あまり風呂には入らない。シャワーを浴びるだけで満足しているらしく、バスタブの湯に浸かるといえば、幼児の湯あみか金持ちの道楽、というイメージが一般的だ。

「まあどこの国にも物好きがいるってことかな。ここのほかにも、スタンフォードの近くとか、ディアブロ渓谷のほうとか、デコパの町とか、カリストガの町とか、中西部にも西海岸のあたりにも、探せばけっこうあるんだよ。ちなみに、わしはヨコタにいたから癖になった。たまたま知り合ったジャパニーズにキヌガワに連れていってもらったら、いっぺんで気に入ってな。それからは休暇のたびにハコネやらナスやらに出かけたもんだった」

いまでも爆破現場を四つこなしたら温泉に浸かることにしている。それを唯一の楽しみに生きているようなものかもしれない。そんな意味のことを四回ほどリピートしてくれると、ボブじいは、コンクリートで固めた露天風呂にもたれて周囲を見回した。

だが、ボブじいの温泉好きがそれだけの理由からでないことは、見回している目の輝きでわかる。この湯船には、男女合わせて二十人ほどの白人が浸かっているのだが、どの男も女も全員が全裸でいるからだ。

これには最初、仰天した。この温泉リゾートのもうひとつの特徴は混浴なのだった。アメリカ人は男女別の銭湯ですら嫌がるものだときいていただけに、素っ裸の白人娘が堂々と目の前を横切っていったときには、逆にこっちが恥ずかしくて目を伏せてしまった。

ところが、麻由美の適応力は大したものだった。戸惑うぼくを尻目にさっさと洋服を脱ぎ去ると、同じく全裸になったダニーと一緒に大はしゃぎで露天風呂に飛び込んでいった。もちろん、アメリカ娘と同じように前など一切隠していない。

湯船に入ってからも麻由美は大胆そのもので、ずっとダニーといちゃついている。軽口を叩いて肩を組んでみたり、目を見つめて腕をさすり合ったり、二人で恋人のごとく振る舞っている。正直、腹立たしかった。が、そこまであっけらかんとやられると、いちいち文句をつけるのも無粋な気がしてくるから妙なものだった。

キングマンの町でボブじいに拾われて三週間。気がついたときにはダニーと麻由美は急接近していた。だが、それも仕方ないのかもしれない。なにしろぼくたち四人は、あれから毎日、寝食をともにしてきたのだから。

爆破現場で土下座したぼくに、ボブじいは、こう言ってくれた。

「雇うとか雇われるとかじゃなく、一緒にツアーに出るというのはどうかね」

雇ってもらわないと金がない？　だったら金を使わない生活をすればいいだろう。どうせキャンピングカー暮らしだ。肉を焼いて皿を洗うのを手伝ってくれるなら、ビールとステーキぐらいシェアしてやろうじゃないか。

爆破現場の手伝いも、やりたきゃ、やらせてやろう。なあに秘密のノウハウなんかありゃしない。一匹狼《いっぴきおおかみ》のわしなんか、死んでしまったらそれまでだ。荒野の墓場に埋められちまう前に、だれかに教えとかなきゃもったいないだろうが。

「まあ楽しくやっていこう。袖《そで》が触れただけでも縁だ、とかいう諺《ことわざ》がニッポンにはあるだろう。わしもむかしはニッポンで袖が触れて世話になったんだ。これでフィフティ・フィフティってもんじゃないか。ただし」

言葉を切ると、ボブじいは思わせぶりに低い声で付け足した。

「ただし、死んでも恨みっこなしだ」

指が二本足りない右手をかざして見せた。ぼくは唾《つば》を呑み下してから、ゆっくりとうなずいた。

その晩から夫婦でキャンピングカーに寝泊まりしはじめた。

大型バスほどもあるキャンピングカーだった。テーブルとソファが設置されたリビングコーナー。二段ベッドが二つセットされ、四人寝られるベッドコーナー。ほかにキッチン、シャワー、トイレはもちろん、エアコン、テレビ、ファクス電話といった機器まで装備されたマンション並みの住環境に、直前までホームレスの危機にさらされていたぼくたちは大喜びしたものだ。

以来、アメリカ大陸の町から町へと四人で渡り歩いている。ボブじいとダニーが交替でハンドルを握り、麻由美が炊事、ぼくが洗濯など雑務を担当している。

初めてキャンピングカーに泊まった翌日には、爆破仕事も初体験した。雷雲のために一日延期されたパブリックホールの爆破解体。その日は前日とは打って変わって朝からきれいに晴れ上がり、願ってもない爆破日和《びより》となった。

まずは基本的な安全の心得から叩き込まれた。

「その鎖のペンダントを外してくれ」

のっけから麻由美が注意された。ダイナマイトを扱うときは鉄製器具や装身具は厳禁。かつて金属のペンダントに導線切断用のニッパーが接触した火花で引火爆発したこともあったという。電線類の扱いにも注意が必要だ。うかつに裸線を露出させてはならないし、爆破寸前まで絶対に通電してはならない。

またダイナマイトは高温にも衝撃にも湿気にも弱い。たとえダイナマイトが置かれていなくても、現場の建物内では煙草やドリンク類は御法度《ごはっと》。火種や水分が残留する原因となる。いざダイナマイトを置くときは、照明器具や装飾具が吊《つ》られている直下に置いてはならない。落下して暴発する危険を避けるためだ。

「一本の暴発が死に直結する。一本の不発が死を誘い込む。それだけは忘れるな」

いつもは柔和なボブじいも、このときばかりは叱りつけるような口調だった。

続いてボブじいは、木箱からダイナマイトを一本とりだして、ぼくたちに差しだした。パラフィンに浸したクラフト紙で筒形に包装された形状は、映像や写真で馴染みがあったが、実際に手にするのはもちろん初めてだった。

緊張した。黒色火薬よりは安全性の高いダイナマイトだが、それでも、主成分はニトログリセリンに硝酸《しょうさん》カリウムを配合した危険度の高い爆薬だ。取り扱いを間違えれば命はない。

恐る恐る手にとった。思ったより軽かった。鼻を近づけてみたが、パラフィン特有の匂《にお》いしかしなかった。こんなものがいざ弾けたとたん、岩盤をも砕くのかと思うと不思議な気がした。

基本を学んだところで作業に入った。といっても、初心者のぼくたちに大した仕事はできない。持ってこいと言われた電気コードを持っていく。外してくれと言われたドアや窓枠を外す。テーピングしろと言われた部分をテーピングする。ひたすらアシスト作業に徹した。面倒臭いことが大嫌いな麻由美も、言われるままにきびきび働いていた。

ボブじいたちは、レンガ壁にダイナマイト挿入用の孔を穿孔していた。穿孔が終わったらダイナマイトに電気雷管をセットする。孔にダイナマイトを挿入する。電気雷管から導火線、脚線、母線と続く通電ラインを結線する。などなど、一工程ごとに緊張を強いられる作業を手際よく進めていく。

午後一時には、すべての作業と最終チェックが終わった。ぼくたちがアシストに加わったことで、いつもより作業がはかどったようだ。

ほどなくして爆破三十分前を知らせるサイレンが鳴らされた。現場の周囲三百メートルは立ち入り禁止。さらに五分前、一分前、三十秒前と警報が発せられ、この時点で初めて母線を発破器につないだ。

十秒前から秒読みに入る。秒針を見つめてスリー、ツー、ワン、ゼロ、発破器の起爆スイッチオン。その瞬間、一階の壁にセットされたダイナマイトが轟音とともに炸裂。そこに二階と三階の重みが加わり、五秒と経《た》たないうちにパブリックホール全体が垂直に崩れ落ちた。

だが、すぐに現場に近づいてはならない。爆破倒壊した五分後に、いま一度、起爆スイッチオン。あらためて通電して不発残留ダイナマイトが爆発しないことを確認したうえで、発破器から母線を外す。さらに、爆発による悪性の後《あと》ガスが発生していないか、それもチェックしたところで、ようやく爆破完了。警報解除のサイレンが響きわたる。

ラスベガスのビル爆破からすれば、スケール的には話にならないほど小さい。しかし、現場の関係者として初めて間近に接したビル爆破は、野次馬として見物したとき以上のインパクトがあった。

「エロチックだよねえ」

麻由美はそう表現した。通常ではまず体験できない音と振動と崩壊のビジュアルが、体の奥底に眠っている未知の感覚を呼びさましてくれる。それはオーガズムにも似た恍惚《こうこつ》感といってもよく、背筋が震え、血が沸騰し、呼吸できないほどの昂揚《こうよう》に見舞われて、知らぬまに目頭が熱くなっていたという。

わからないではなかった。人間は本能的に破壊衝動を秘めている。幼いころ、高く積んだ積み木を倒したときの快感を記憶している人も多いと思うが、おそらくはあれと同じことなのだろう。あの快感が、ビル爆破という大がかりな舞台装置によって、麻由美が言うところのオーガズムにまでバージョンアップされたのだと思う。

しかし麻由美とは違って、ぼくはテクニック的な部分に興味を覚えた。何より驚いたのは、レンガ壁を一瞬にして吹き飛ばすほどの爆発だったというのに、パブリックホールのかたわらの大木が損傷ひとつうけていない。爆破の直後に、大木全体がざわりと揺らいだものの、爆風に薙《な》ぎ倒されることもなければ、レンガの破片で枝葉が飛び散ることもまったくなかった。

「すごいもんだなあ」

思わず感動していると、

「これでも爆破屋一筋四十余年だしな」

ボブじいが片目をつぶって笑った。

爆破屋の仕事は、建物を瓦礫に変貌《へんぼう》させるところまでで終了する。瓦礫の撤去は地元の業者にまかせ、ボブじいはさっさと現場から撤収した。そして爆破完了後、二時間もしないうちに、キャンピングカーはハイウェイを疾走していた。

こうして三週間で四つの町の四つの現場を渡り歩いてきた。

古い煙突の爆破といった軽い現場だったら、町に着いて二日もあれば下準備から爆破まですませられる。大きな現場でも十日あれば御《おん》の字だ。ただ、大きな現場といっても、ボブじいはある規模以上の爆破仕事は引き受けない。規模が大きくなればなるほど一匹狼の手には負えなくなるからだ。組織力や資金力を備えた会社組織でなければ、とてもやりこなせない。

若い時分、会社組織にしようと考えたこともあった。だが、結局は一匹狼で生きていくことに決めた。組織のトップに立ってしまえば、穿孔したり雷管をセットしたりといった現場仕事の隅々にまで目が届かなくなる。部下まかせにせざるをえなくなる。そうなっては爆破屋の醍醐味《だいごみ》を捨ててしまったも同然だ。

「これでも爆破屋一筋四十余年だしな」

あのボブじいの言葉は、ひたすら爆破現場に生きてきた男の気概を語った言葉でもあるのだった。

おかげで、ぼくにとっては願ってもない修業の日々となった。現場では爆破技術を教えてもらい、移動の途中には、ほかの爆破屋の仕事も見物させてもらえる。疑問点があれば、何かにつけて爆破屋一筋四十余年のベテランに質問できるし、そのたびに的確な答えも返ってくる。まさに理想的な修業環境といってよかった。

一方で、麻由美は爆破を楽しんでいた。そう、楽しんでいる、という言い方がいちばん似合っていると思う。いつもボブじいにつきっきりで、このまえ見物した爆破はああだったこうだったと、爆破ファンクラブの情報交換会のようにおしゃべりしている。現場に入っても技術の習得というよりは、

「この壁って、すっきり崩れそうね」

といった感想を口にしながらビルのあちこちを眺めていることのほうが多く、見習い修業とは程遠い雰囲気だ。せっかくボブじいの好意で弟子入りさせてもらったというのに、そんなことでどうする、と申し訳なくなってくる。ところがボブじいもボブじいで、麻由美との爆破話が楽しくてならないらしく、咎《とが》めるどころか目を細めておしゃべりに付き合っている。

やはりぼくが頑張らないとだめだと思った。ぼくが本気で爆破をものにしないかぎり、ぼくたちに明日はない。

能天気な麻由美をよそに、ぼくは修業に打ち込んだ。現場の技術習得のほかに理論の裏づけも必要と考え、日本から発破や火薬の専門書まで取り寄せて勉強した。

ぼくとしては画期的なことだった。なにしろ学生時代、ろくに机に向かったことのない人間だ。どうせ将来は家業を継げばいいのだからと、まともに本一冊、読み通したことすらない。そんなぼくが、昼間の現場仕事で疲れた体に鞭《むち》打ち、夜遅くまで書物をひもといている。この豹変《ひょうへん》ぶりには麻由美はもちろん、

「おまえ、そっちで何はじめたんだ?」

と日本にいるタカシまでびっくりしていた。日本語の専門書を送ってくれ、とキャンピングカーから国際電話したときのことだった。英語の専門書ならダニーが持っているが、さすがに読みこなせないから、出世払いで頼む、と無理やり頼み込んだ。

唐突な話に最初は苦笑していたタカシも、いつにないぼくの勢いに気圧《けお》されたのだろう。一週間後には、ちゃんと専門書が海を渡ってきた。

専門書の受取先は、ボブじいが各州の主要都市に設置している連絡事務所にした。集中力が欠かせない現場に仕事の依頼電話ばかりかかってきても困ってしまうことから、最寄りの連絡事務所に依頼の電話をすれば、キャンピングカーにファクスで伝えられるシステムになっている。

ただし、連絡事務所といっても、じつは個人の家だ。ボブじいの退役軍人仲間が連絡員を買っててでてくれている。もちろん報酬はちゃんと支払っている。爆破仕事を一件仲介し

たら、そのギャラを折半する。連絡業務だけでギャラ折半？　と最初は驚いたものだが、連絡事務所にはダイナマイトの保管と管理も頼んでいる。デリケートなダイナマイトは、安易にキャンピングカーに積んだまま移動するわけにはいかない。退役軍人なら爆薬の扱いに慣れているし、仕事が発生した現場の近くに定住している。そこで、管理費と危険料にボブじいの謝意もプラスして折半しているのだった。

ちなみにダイナマイトは、全米をネットワークしている退役軍人組織を通じて調達している。爆破仕事の受注も退役軍人ネットワーク経由が大半で、命がけで戦った仲間ならではの絆《きずな》がボブじいの爆破屋人生を支えている。

タカシから送られてきた専門書を受けとってくれたのは、四つ目の現場に向かう途中にあるネバダ州ホーソーンの連絡事務所だった。白いペンキを塗った典型的な建売り住宅に住むボブじいの戦友サムが連絡員を務めていて、ボブとはヨコタ以来の大親友なのさ、と歓迎してくれた。

握手と抱擁に続いて、さっそくビールが振る舞われ、ボブじいとサムの昔話に花が咲いた。

「サムは優秀な狙撃兵でな。銃に関しちゃ、まず右にでるものはいなかった」

「いやいや、ボブだって爆破工作にかけちゃナンバーワンだった。それと、女を落とす工作もな。ヨコタにいるときゃジャパニーズガールと浮き名を流していたもんだ」

「おいおい、女のハートを射抜く腕前も一流だって自慢してたのは、どこのどいつだ」

「ハートを射抜いたはいいが、その後も丈夫なハートでな。いまも毎日、たらたら文句ばっかり言われてるよ」

サムが女房を見やって片目をつぶる。思わず笑っていると、サムにきかれた。

「で、マサヤ、きみはどうなんだ？　銃の腕前のほうは」

「銃は撃ったことないんですよ」

「そいつはいかんなあ」

眉を寄せたのはボブじいだった。男が銃ぐらい扱えなくて、いざってときにどうする。大仰に憂えてみせると、キャンピングカーからライフルをもってきた。

ボブじいの愛銃はガーランドライフル。正式にはＭ１ライフルと呼ばれるボブじいが軍隊時代に馴染んだ八連発銃で、大量のダイナマイトが運び込まれる現場の警戒用に、いつも手元に置いている。

年代物とはいえ軍用銃が民間に出回っていることに驚いた。だが、この国ではアウトドアショップにいけば釣り具やキャンプ用品の隣に、狩猟用ライフルが九十八ドル、百三十八ドルといった安値で売られている。二万円弱で気軽にライフルが買えるのだから、軍用銃ぐらいあって当たり前なのかもしれない。

「狙撃の名手に教われる願ってもないチャンスだぞ」

ボブじいの提案で街外れの野原に出かけた。サムに基本的な取り扱いを習ったところで、空き缶を標的にして射撃練習をやった。

ぼくは思ったより早くマスターできた。腰の据《す》え方ひとつで命中率が大きく変わることがわかった。ところが、ついでだからと一緒に教わった麻由美は、きゃあきゃあ騒ぎ立てるばかりでちっともうまく撃てない。見かねたダニーが、麻由美につきっきりで手ほどきをはじめた。射撃姿勢から反動の受けとめ方まで、肩や腰を抱くようにしての熱心な指導だった。

「これであたしたちもアメリカ人になれたね」

ようやく真っ直《す》ぐ撃てるようになった麻由美は、ご満悦だった。もちろん、ぼくとしても思いがけないところで銃がマスターできて得した気分だった。

ただそれはそれとして、困ったことに、この一件が麻由美とダニーを急接近させてしまった。以来、二人がじゃれ合うシーンが目に見えて多くなり、いまでは混浴の露天風呂でいちゃつくまでになってしまったのだから、ぼくとしては心中穏やかではない。

ダニーの股間《こかん》には日本人には太刀打ちできないほどの逸物がぶらさがっている。それを目にするたびに、さらなる不安が頭をもたげる。

「妬《や》いているのかね？」

いまもボブじいに冷やかされたところだ。露天風呂の湯船ではしゃいでいる麻由美とダニーを横目に、二人で肩を並べて湯の中にいる。

「どうってことないすよ」

強がってみせた。するとボブじいは、ジャパニーズは生真面目だからなあ、と苦笑しながら、

「こういうツアー生活を乗り切っていくには、子どもみたいにはしゃぎまわることも大切なんだ。まあ気楽に考えることだな」

諭《さと》すようにフォローしてくれると、毛深い腕で額の汗をぬぐった。

それでも釈然としなかった。爆破仕事ではボブじいにべったり。それ以外の時間はダニーといちゃいちゃ。麻由美はそれで楽しいかもしれないが、じゃあぼくはどうなるんだ。

腹立たしく思いながらも、妬いていると悟られるのもしゃくにさわる。結局は、余裕の態度を見せようと意地を張り、ぼくはますます爆破理論の勉強にのめり込んでいったのだった。

男を妬かせることが、こんなに愉《たの》しいとは思わなかった。

むかし、つきあっていた男に嫉妬《しっと》したことは何度もあったけれど、いざ逆の立場になってみると、きっとあの男も楽しんでいたに違いないと、いまごろになって悔しくなる。

そんな思い出のリベンジというわけではないけれど、雅也の視線が向けられているとわかるたびに、ついダニーの腕にすがりついてしまう。とたんに雅也は目の端に小さな怒りを浮かべて、どうってことないぜ、というそぶりをしてみせる。健気このうえない雅也を見るのが愉しくて、こんどは、すがりついたダニーの腕に胸を押しつけてみる。すると押しつけられたダニーも冗談半分、あたしの肩を抱いたりしてみせるものだから、雅也の嫉妬心がさらに増幅される。

正直、雅也がうとましくなりかけているあたしにとって、こんなおもしろい遊びはなかった。嫌いになったわけではない。けれど、雅也に寄り添っているよりは、ボブじいと爆破の話に興じたり、ダニーとはしゃいだりしているほうがよっぽど気が晴れた。

ボブじいに拾ってもらったことは、ほんとうにラッキーだった。明日をも知れない無一文の夫婦にとっては、命の恩人といってもいい。でも、だからといって、あたしたち夫婦の未来が保障されたのかといえば、そんなことはない。たとえビル爆破の技術を身につけたところで、ボブじいから離れてしまえば元の木阿弥《もくあみ》。住所不定無職のアジアン夫婦に戻るだけの話だ。

爆破現場をめぐるツアーは楽しかった。ラスベガスで芽生えた、ビル爆破をやってみたい、という思いが、こんなに早く実現してしまったのだから楽しくないわけがない。それでも、ときにふと自分が置かれた立場が思い起こされて、得体の知れない不安に襲われる。日本で幸せな結婚生活を送っていたはずのあたしが、なぜこんなところでこんな不安を抱えていなければならないのか。そう思うほどに雅也が目障りな存在に思えてきて、ついまたダニーといちゃついてしまう。

でも、いちゃついてはいるけれど、あたしはダニーを男としては見ていない。黒光りした逞《たくま》しい体に惚《ほ》れ惚《ぼ》れはしても、あくまでも、かわいい弟という感覚しかない。だから二人ともすっぽんぽんで露天風呂に入っていても、幼い姉弟がふざけ合っているようなもので、雅也が想像しているような関係には絶対にならないと思う。

ダニーは二十一歳になったばかりのUCLAの学生で、アーキテクチャーを専攻している。ということはボブじいにアルバイトとして雇われているのかと思ったら、じつはダニーも、ビールとステーキ以外の報酬はもらっていないという。

三年前、たまたま出会ったボブじいに惚れ込み、夏休みのあいだ仕事を手伝わせてほしいと頼み込んだ。するとボブじいは、あたしたちのときと同様に二つ返事で快諾してくれて、それからは毎年夏になるとボブじいに合流して爆破現場をめぐり歩いている。

「いつも夏が終わるのが寂しくてさ」

ダニーは精悍《せいかん》な顔を綻《ほころ》ばせる。年に六十日ほどの爆破屋生活がおもしろくて仕方ないようだ。

「そりゃおもしろいさ。だって、あの天才ボブの仕事が毎日見られるんだぜ」

この三年間に三十回以上、ボブじいならではの燻銀《いぶしぎん》の職人芸を見続けてきた。おかげで大学の研究室にいるときより、よほど建築学の勉強になったと笑う。

「建物を壊してるのに建築学の勉強になるわけ?」

あたしは尋ねた。

「建築っていうのは、長年にわたる知恵の累積の上に成り立っているものなんだ。ところが困ったことに、古い建物であればあるほど、どんな設計思想に基づいて、どんな工夫を凝らして建てたのか、後年の人間にはわかりづらい」

歴史的遺産ならまだしも、その時代その時代の市民生活とともに生き続けてきた無名の建物ほど、建設に携わった関係者の証言は記録されていないし、図面や施工記録もとっくに散逸してしまっている。したがって、そうした建物に秘められた技法やノウハウを学ぶには実際に壊してみるしかない。

将来的には、時代のランドマークとなりうる建物を設計したいと考えている。そのために、大学ではメガ・ストラクチャーと呼ばれる構造テクノロジーの研究に取り組んでいる。これは大きな建造物をよりシンプルな支持体で支える躯体《くたい》技術で、たった四本の支柱で巨大高層ビルを支えられるほどすごい技術らしい。

けれど、いくら先端技術を研究していても、さらに新しいものが創《つく》りだせるとはかぎらない。遥かむかしの腕っこき職人がレンガを積んだパブリックホールを、どう崩落させるか。その方法を考えたほうが、よほど、新たな構造技術の閃《ひらめ》きにつながる。開口部を支える支柱のどこにどうクラックを入れれば、少量のダイナマイトで建物を潰せるか。それを見極める目を養ったほうが、画期的な構造力学のヒントがつかめる可能性は大きい。ダニーはそう考えているのだった。

「頭いいんだね、ダニーって」

あたしが感心すると、ダニーは、ありがとう、と礼を言ってから付け足した。

「けど、研究心だけでボブと付き合ってるわけじゃないよ。研究にも役立つことは役立つけど、それより何より、ボブの天才的な直感に惚れ込んでるんだ」

建物は生き物だから、頭でっかちに勉強だけしていてもだめだ。それを実感させてもらっていることが、いちばんの収穫だという。

同感だった。ダニーに影響されたわけじゃないけれど、あたしもボブじいには惚れ込んでいる。こんなに歳が離れているのに、ひとりの男として好きになってしまいそうなほど魅力的だと思う。

ボブじいは、学問とか理論とかテクノロジーとか、そんなものとは無縁なスタイルで仕事をしている。たとえば新しい現場に到着すると、彼はいつも同じ儀式をやる。これはあたしが勝手に儀式と呼んでいるだけなのだけれど、まずはビルの柱や壁を手のひらで触り、耳をあてがい、匂いを嗅《か》ぎ、足で蹴《け》ってみる。それからビルの全景が一望できる場所まで離れて、あらためてビル全体を眺める。

ここからが長い。ボブじいは腕を組んだまま、五分、十分、二十分とビルを眺め続ける。あたしは最初、五分としないうちに飽きてしまったけれど、ボブじいは何十分経ってもビルから目を離さない。疲れてきたあたしは、その場にしゃがみ込んだ。雅也も当惑した表情だった。それでもボブじいはビルウォッチングの儀式を続け、いいかげん、うんざりしてきたころ、ようやく呟いた。

「ウェル、ウェル、ウェル」

これが儀式の終わりを告げる合図だった。儀式開始から一時間半が経過していた。ダニーの話では、それでも短いほうらしい。場合によっては二時間三時間と眺め続けることもめずらしくないという。でも、そんな儀式にうんざりしたのは最初だけだった。二度三度と儀式に付き合っているうちに儀式の意味がわかってきたからだ。

ボブじいは言った。

「ビルを眺めていると、崩れ落ちるシーンが見えてくるんだな」

手と耳と鼻と足で触診した印象を反芻《はんすう》しつつ、ひたすらビルに見入っていると、ある瞬間、ふと瞼《まぶた》の裏に崩落シーンが浮かび上がってくる。それはもうボブじいとしても不思議でならないそうだけれど、とにかく、くっきりした映像として網膜に投影される。

この時点で、爆破は半分成功したようなものだという。何ポンドのダイナマイトをどのポイントにどうセッティングしたらいいのか。そうした段取りも、いつのまにか頭の中に組み上がっている。

「ほんとに?」

あたしが信じられない顔をすると、ボブじいは肩をすくめた。

「そりゃわしだって信じられないことだが、いざ実際に爆破してみると、瞼の裏に浮かんだ映像と同じようにビルが崩れていくんだなあ」

いまどきのビル爆破専門会社では、超音波やX線による透視技術を駆使して、ビルの壁面や柱の内部を徹底調査している。その結果をコンピュータのシミュレーションにかけて、倒壊する角度から飛散物の拡散範囲から爆破音の多寡《たか》から振動の影響まで、想定しうるあらゆる状況を綿密に検証する。そのうえで、爆薬の種類や量、雷管の種類、クラックを入れるポイントとポイント数、ポイントの穿孔方法、穿孔径、穿孔長、穿孔角度、穿孔間隔、さらには導線の配線方法から起爆スイッチの設置場所まで、あらゆる要素について議論と計算と検討が加えられる。

ところが、これに比べてボブじいときたら、こんな大変な爆破計画を儀式直後の勘と閃きだけで組み立ててしまうのだから、あたしでなくても驚いて当然だろう。

「なあに、そんな大袈裟《おおげさ》なもんじゃない。わしの仕事は、専門会社の仕事とは規模が違うからな。へたすりゃイリュージョンの爆破まで手がけちまう節操のない爆破屋には、科学だの計算だのは無縁なんだ」

ボブじいはそう言って笑い飛ばすと、ついでにイリュージョンのタネ明かしもしてくれた。話をきいて大笑いした。あの奇跡のようなイリュージョンが、こんな子ども騙《だま》しの手口だとは思わなかった。

結局のところ、しょせん爆破屋は爆破屋。買いかぶってもらっちゃ困る。ボブじいとしては、そう言いたいらしかった。

ところがダニーの見解は違っていた。

「ボブは謙遜《けんそん》してるだけだよ。どんな大規模なビルを爆破するにも、専門会社の科学技術よりボブの勘と度胸を信じたほうが間違いなく成功する。これは断言できる。ビル爆破っていうのは、テクノロジーのパワーよりメンタリティのパワーに左右されるものだからね」

どれだけ調査したところで調査には限界がある。いくら最新機器でデータを集めようが、どんな技法でどんな構造で建造したのか正確に知ることなど不可能に近い。そこで、最終的にはデータを参考にしつつも、勘と経験を頼りに爆破のセッティングを決定し、度胸一発、えいやと起爆スイッチを押すしかない。それが現場の本質なのだ。

一発勝負の怖さは、やったものにしかわからない。もしクラックの入れ方ひとつ間違えただけでビルが倒壊しなかったり、倒壊方向の狂いや瓦礫の飛散によって近隣に多大な被害を及ぼしたりと、失敗の代償は計り知れない。そのきついプレッシャーに耐えながら、緻密《ちみつ》に、慎重に、そして果敢《かかん》に爆破に挑まなければならない。計器に頼った科学がどれほど発展しようとも、最後は人間の感覚や精神力が決め手となる。

「おかげでビル爆破のノウハウは、いまだに学問として確立されていないんだ」

意外だろ？　という顔でダニーがあたしを見る。

単なる爆破技術に関しては、火薬学や発破学として古くから研究が進められてきた。解体技術に関しても、フランスに本部があるＲＩＬＥＭという学会が中心となって、デモリッション・アンド・リユースと称した取り壊しと再利用の研究に取り組んでいる。ところが、この両者に関係するビルの爆破解体となると、専門会社や個々のビル爆破技師が独自にノウハウを蓄積しているだけで、確固たる「ビル爆破解体学」もなければ入門用のマニュアル書すらほとんどない。それはそうだ。勘や経験や度胸などというものは、理論化もマニュアル化もできないからだ。

「つまりボブには、頭だけじゃなくて体全体にビル爆破のノウハウが染みついているってわけなんだよ」

現場の理論や技術は、だれでも勉強すれば身につく。でも、ボブのようなセンスや度胸は、そう簡単に身につくものではない。だからこそダニーはボブじいと寝食をともにしたかった。ボブじいのセンスと度胸を、日常の中からダニー自身の体内に取り込みたいと思った。

こうした話をきくほどに、あたしはますますボブじいとビル爆破が好きになっていった。すると不思議なもので、あんなに退屈だったビルを眺める儀式も、どんどん楽しくなってくる。まだ崩落シーンこそ浮かばないものの、眺めれば眺めるほど見えないものが見えてくるからだ。あの一階の壁を吹き飛ばせば右肩から崩れるんじゃないか。あの玄関前の支柱をへし折れば真下に潰れるんじゃないか。あたしなりに、いろいろと想像をめぐらせることが楽しくてならなくなった。

そんなあたしの変化にはボブじいも気づいてくれて、ことあるごとに褒めてくれるようになった。今夜も食事のあとに一杯やりながら、先日爆破したビルの潰れ方の話で盛り上がったのだけれど、

「ほう、雲の切れ具合から湿度を直感して、クラックの入り方を判断したわけだ。マユミも読みが鋭くなってきたなあ」

いささかオーバーアクションで感心してくれた。

お世辞でもうれしかった。多少ともボブじいの世界に近づけた気がして、ひょっとしたらビル爆破は、あたしの天職かもしれない。そんな思いまで湧《わ》き上がってきた。

それに比べて、と雅也を見た。雅也は今夜も日本から送ってもらった発破学の専門書に没頭している。やれやれ、と思った。雅也がこんなに勉強熱心な男だとは思いもしなかったけれど、どうせまた「ハウザーの公式」発破係数C、最小抵抗線Wとした場合、装薬量Lは$L=CW^3$で求められる、なんてわけのわからない公式でも覚えているのだろう。

情けなくなった。いま学ぶべきことは本に書いてある公式なんかじゃなくて、生身のボ

ブじいのすべてなんだと、なぜ気づかないんだろう。

あたしは嘆息すると、これ見よがしに隣のダニーにしなだれかかった。雅也の視線が、ちらりとこっちに向けられた。わざとダニーの腕に抱きついてやった。が、雅也はすぐに無関心を装い、再び専門書に目を落とした。


キャンピングカーのルーフに卵を割り落とした。車のボンネットで目玉焼きをつくっている映画のシーンを思い出したものだから、ラダーを上り、炎天下のルーフで試すことにした。物好きなんだから、と麻由美は呆れていたが、ビル爆破ツアーをはじめて二か月あまり。ようやくぼくにも、こんなことをして遊ぶ余裕が生まれてきた。

アリゾナ州のメキシコ国境寄り。トゥーソンの町に程近い砂漠の真ん中にいる。何百何千とも知れない巨大なサボテンを配した砂地は果てしなく続き、砂に埋もれかけた舗装道路からは陽炎《かげろう》が立ち昇っている。もともとはインディアン、今日的な言い方をすればネイティブアメリカンが住んでいた土地だったことから、国道の途中には観光用のインディアン村があったりしたが、このあたりには店はおろか廃屋のひとつも見かけられない。

数分後、ルーフの上で、こんもりと黄身が盛り上がったサニーサイドアップが焼き上がった。かつて観た映画に嘘はなかった。朝晩こそ冷え込むものの、日中は摂氏四十度にもなる砂漠では、ほんとうに目玉焼きが焼けてしまう。

「そろそろ行くぞ」

ボブじいに声をかけられた。ドアの隙間からサソリでも忍び込んできた日にはえらいことになるし、コヨーテの餌食《えじき》になってもかなわない。先を急いでくれ、とぼくを促すと、目玉焼きを盛りつける皿を突きだした。

ルーフの味がついた目玉焼きを賞味するボブじいを横目に、運転席に座った。夏休みが終わり、ダニーが大学に戻ってしまったことから、ぼくもハンドルを握らされるようになった。国際免許をとってこなかったから、と拒んだのだが、速度違反でもしないかぎり大丈夫だ、とボブじいは気にかけない。万一、速度違反で捕まったときも、ジャパニーズジャパニーズ、ノーイングリッシュノーイングリッシュとわめき散らして煙《けむ》に巻いて逃げちまえばいいんだ、と悪知恵まで授けられた。

軽犯罪程度のことなら州境を越えてしまえば逃げられる。この国には戸籍がないうえ州同士の連絡も密ではない。べつの州に逃げて、べつの名前とべつの社会保障番号さえ手に入れられれば逃亡は果たせるという。

ほんとうだろうか。不安に襲われながらもアクセルを踏み込んだ。観光目的の滞米は九十日までと決められている。つまり、あと五日過ぎるとぼくたち夫婦は正真正銘の不法滞在者になってしまう。もし社会保障番号を入手できる方法があるのだとしたら、べつの意味でも、そろそろ手配したほうがいいと思うのだが、いかんせんその方法がわからない。

つぎの爆破現場があるトゥーソンの町には、ボブじいの連絡事務所がある。そこの連絡員もボブじいの戦友ときいているから、こうなったら、思いきって社会保障番号の入手を手伝ってほしいと頼んでみようか。

ここで国外追放になっては元も子もない。やっと自信がついてきたところなのだ。ダニーがいなくなっても現場の仕事は無難にこなせているし、専門書で猛勉強したおかげで爆破の専門知識についてはかなり詳しくなった。いや、それどころか、いまやボブじい以上に詳しい、と言い切れる自信すらある。

実際、ボブじいときたら「引張応力破壊説」と「ショック波破壊説」の違いすらわからないのだ。そのくせ、アメリカと日本ではダイナマイトに雷管を挿入する方法がちょっと違う、なんて、どうでもいい知識をひけらかしたりする。ビルを眺めていると崩れ落ちるシーンが見える、なんて魔術師のハッタリみたいなことまで言いだされたときには噴きだしそうになった。

最初のうちこそ、いい師匠がみつかったと喜んでいた。だが、いろいろと勉強するにつれて、この道一筋四十余年にしては、あまりにも理論的な裏付けがないことに気づいた。このままボブじいのもとで修業していても、いま以上に得られるものはないんじゃないか。そんなことまで考えはじめている。

ダニーがいなくなってから、急に現場で口うるさくなった点も気に障っている。二か月目に入ったころから、ビールとステーキのシェアのほかに小遣い銭もくれるようになった。金もやってるんだからもっと言うことをきけ、ということなのか。

とりわけ結線作業と穿孔作業にはうるさい。

手先が器用な日本人だけに、ぼくはダニーよりも結線作業がうまいと思う。裸線の結び方もビニールテープの巻き方も、より接触抵抗の少ない正確な作業ができる。穿孔の間隔や径や角度だって、現場で計算した数字に基づいてきちんとやれる。なのに、せっかくやり終えた仕事を突如、ボブの一声で変更させられることがある。それも、イメージが違うとか、ぴんとこないとか、その場の思いつきとしか思えない漠然とした理由なのだからたまったものではない。ひょっとして意地悪されているんじゃないか、と思うことすらある。

結線作業と穿孔作業が大切なことぐらい、ぼくだってわかっている。安全面に関してはもちろんのこと、何百か所と仕掛けたダイナマイトにつながる導線が、たった一本でも通電しなければ、衝撃波が想定量の爆圧を生まず、ビルの壁面が予定どおり打ち破れない。穿孔間隔にしても爆圧の威力に大きくかかわるし、穿孔角度は破片の飛散方向を左右するし、穿孔径や穿孔長はクラックの入り方や爆破音、爆破振動の多寡にまで関係してくる。だからこそぼくは発破理論に則《のっと》った綿密な計算を欠かさないわけで、勘とか感覚で左右されるような仕事はしたくないのだ。ボブじいにはボブじいのやり方があるのかもしれない。でも、そんなアバウトな仕事が新しい時代に通用するとはとても思えない。

同じ意味で、いまだにボブじいがダイナマイトにこだわっている点も納得がいかない。ビル爆破に使用する爆薬は、いまやスラリー爆薬が主流になっている。スラリーとは、どろどろした、と訳されるように、水を含んだゲル状の爆薬として一九五七年に発明された。その後、改良が加えられ、現在では弾力性のある扱いやすいものとなり、現場ではトゥース・ペースト、練り歯磨き爆薬とも呼ばれている。

スラリーを使う何よりのメリットは、ダイナマイトよりはるかに安全なことだ。水分を含有しているため、万一、不発残留した場合も瓦礫撤去の衝撃や熱で爆発する可能性が少ない。また、ダイナマイトは安全規格に適合した工場で製造して現場まで慎重に運搬しなければならないが、スラリー爆薬は、現場で硝酸塩などの材料を混合してつくれる。そのため、輸送中の危険が少なく、輸送コストも安くつく。爆発音や振動もダイナマイトに比べて低い。とまあ、挙げていけばきりがないが、こんなすぐれた爆薬をなぜ使わないのか不思議でならない。

「ダイナマイトの音は抜けがいいから好きなんだ」

なんて呑気《のんき》なことを言っている場合じゃないと思うのだ。

ほかにも、鋼製の支柱や柱の切断にはVコードと呼ばれる爆破カッターが使われるのが一般的だが、それもボブじいはダイナマイトで代用してしまう。一事が万事、大雑把というか無神経というか、何であろうとダイナマイト一本槍《いっぽんやり》でやるのが爆破屋の粋だと思っているふしがある。

いずれにしても潮時ということだろう。滞在期限が切れるのは間近に迫っているし、いつまでも老兵の世話になっていても未来はひらけない。英語生活にも慣れてきたことだし、いよいよ、つぎのステップを踏みだす時期がきたということだろう。まずは、あらためてビル爆破専門会社の門を叩いてみよう。ラスベガスで不躾《ぶしつけ》に売り込んだときとは違って、いまのぼくなら、きっと先方も食指を伸ばしてくれるはずだ。

麻由美は相変わらずボブじいにべったりでいる。ダニーがあっさり大学に戻ってくれたことから、そっちのジェラシーは立ち消えたが、こんどはボブじいに麻由美をとられた、という気がしないではない。ボブじいの爆破思想に麻由美が染まっていくのが苛立《いらだ》たしくも思う。

子どもでもいればなあ、と思う。もし子どもがいれば、麻由美との夫婦関係も、もっと違ったものになるのではないか。将来的には親子三人、キャンピングカーで爆破ツアーを続ける。そんなやり方もあるだろうし、そろそろ子どもを媒介にした夫婦関係の立て直しが必要なのかもしれない。

そういえば、いつだったか麻由美も子どもがほしいようなことを言っていた。あのときの彼女も、いまのぼくと似たようなことを考えたのだろうか。このところはキャンピングカーに身を寄せ合っての旅だけに、夫婦生活を営む時間も場所もなかった。近いうちに機会をみつけて、本気で子づくりを頑張ってみようか。

午後の陽が陰りはじめた。ひたすら単調な直線道路を、ぼんやり考えをめぐらせながら走るうちに、キャンピングカーは砂漠を抜け、目的地のトゥーソンに着いていた。

トゥーソンの町は砂漠観光の拠点として知られている。そのためか、ガソリンスタンド、カーディーラー、モーテル、ファミリーレストランといった定番店のほかに、観光客向けの店も多く見られる。

目的地に到着すると、いつもは現場付近に直行して駐車場を探す。リゾート周辺だったらオートキャンプ場に駐車できるのだが、市街地には大型キャンピングカーが停《と》められる場所が意外に少ないからだ。

でも今回は連絡事務所の戦友が、廃業したハンバーガーインの敷地を押さえてくれていた。運よく電気も水道も使えたので、車止めをかましてから電気と水道のバルブをつないで上々のキャンプ態勢が整った。

続いて現場の下見に出かけた。今回の仕事は、いつになく大きい物件なのだが、依頼先の都合で爆破までの日にちがあまりない。

「わしひとりなら断わってる仕事なんだが、おまえたち夫婦もいることだし、挑戦してみようと思ってな」

三人で精いっぱい頑張ってみよう、とボブじいも気合いを入れている。

歩いて五分ほどの現場は、石積みの五階建ての廃ホテルだった。敷地の四方には二車線道路が走り、四本の各道路を挟んだ向かいには低層ビルが建っている。低層ビルと廃ホテルの距離はいずれも十メートルほど。ふつうに爆破すれば、それらのビルに影響を及ぼす心配はないと思われる。

ボブじいと麻由美が、じっと建物を眺めている。麻由美が儀式と呼んでいる見積もりタイムだ。

「百ポンドだな」

ほどなくしてボブじいが呟いた。眺めはじめて十五分も経っていないから、かなり早い決断だ。

今回は、石壁が分厚いことに加えて一階の開口部が思いのほか少ないことから使用爆薬は百ポンド。ボブじいはそう判断した。

「かなり多いすね」

ぼくは腕を組んだ。この見積もりでいくと、時間がない中、五百本近いダイナマイトを仕込まなければならない。

「ダニーがいてくれればなあ」

ボブじいがふと漏らした。ちょっと傷ついた。ぼくの腕はまだ信用されていないのだ。

翌朝から作業を開始した。

ぼくは廃ホテル内部の穿孔作業。麻由美は裏庭で結線の下準備を進めることになった。ボブじいは依頼主との打ち合わせがあるからと、めずらしくどこかに出かけていった。嬉《うれ》しかった。午前中だけとはいえ、ボブじいの監督なしで穿孔できる。

ところが、いざ削岩ドリルを手にして首をひねった。ボブじいからは事前に、石壁に穿孔する間隔、口径、傾斜角度、奥行きを指示されていたのだが、実際の現場に立ってみると、指示された傾斜角度が五十五度ではきつすぎる。石壁の厚みから決定した最小抵抗線と孔間隔から何度か計算し直したものの、傾斜角度は七十度以上なければショック波の反射が起きにくく、破壊力が不足するのは目に見えている。

明らかにボブじいの指示ミスだった。今回は仕込み時間が短い。そのプレッシャーから長年の勘が狂ったのかもしれない。これだから勘や経験則に頼った仕事はだめなのだ。困ったことになった。ボブじいの指示には絶対服従。それが爆破現場での鉄則だ。しかし、ボブじいの帰りを待っていたのでは爆破予定日に間に合わなくなる。

傾斜角度を修正しよう。ぼくはそう判断して、傾斜角度を七十度に設定して穿孔しはじめた。ヘルメットに防塵《ぼうじん》マスクをつけ、ひとつ、またひとつと削岩ドリルで孔をあけていく。

そのとき、麻由美の叫び声がきこえた。

「帰って！」

裏庭のほうだ。削岩ドリルを置いて窓の外を見やった。

麻由美がライフルを構えていた。現場警戒用のボブじいのガーランドライフル。ダニーに仕込まれた射撃フォームで、だれかを威嚇《いかく》している。

銃口の先には驚くべき人物がいた。ほつれた薄い髪に遠近両用眼鏡をかけた日本人。真鍋だった。茶色いチョッキこそ着ていなかったものの、父親の通夜の晩にあらわれて入院先まで押しかけてきたあの中年男が、アリゾナ州の爆破現場でガーランドライフルの射程内にいる。

なぜあいつが。ぼくは混乱した。

「帰って!」

麻由美がまた声を発した。指先は引き金にかかっている。このままでは本気で引き金をひきかねない。

とっさに、ぼくは窓際から離れた。無意識の行動だった。そのまま表玄関まで駆け抜け、気がつくと廃ホテルの外に逃げだしていた。

背後から銃声がきこえたのは、その直後だった。


雅也がいなくなって二週間になる。

あたしにとって長いような短いような、しかもとんでもなく大変な二週間だった。もちろん、原因はすべて雅也にあるのだけれど、それを恨んだり嘆いたりしている余裕もないほど重圧と緊張の日々に追われてきた。

よく乗り切れたものだと思う。あたしとボブじいの二人きりで、よくぞしのいでこられたものだと、いまさらながら自分たちの頑張りに感心してしまう。

話を十四日前に戻そう。

爆破現場にやってきた背広姿の日本人が、かつて入院先にあらわれた真鍋だと知ったあたしは、反射的に現場警戒用のライフルを手にしていた。幸運にも裏庭に置いてあった。ところが、銃口に狙われた真鍋は薄ら笑いを浮かべた。馬鹿なまねはよせ、旦那はどこにいるんだ？　と粘っこく問いかけながら距離を詰めてくる。

なめられている。どうせ撃てないだろうと高を括っている。あたしは、ためらうことなく引き金をひいた。銃弾は真鍋の頭上を飛んでいった。威嚇射撃だった。でも、つぎはほんとうに撃つ。そんな意志をあらわにして真鍋の胸元に狙いを定めた。

そこにボブじいが飛び込んできた。早めに打ち合わせが終わって、ちょうど現場に戻ってきたところだった。

「イージー、マユミ、イージー」

ボブじいは落ち着け落ち着けと大声をだすなり、あたしの肩を抱いてライフルをとりあげた。真鍋が、ふっと口元をゆるめた。これで話ができるとばかりに下唇をなめる。

「旦那はどこにいる」

「知らない」

「とぼけるな」

「とにかく知らないの」

「あたしは言い張った。実際、この時点で雅也はいなくなっていたのだけれど、とにかく、とぼけて追い返そうと思った。

しばらく真鍋と睨《にら》み合った。ボブじいはライフルを担いで状況を見守っている。やがて真鍋が視線を外した。背広の内ポケットに手を入れようとする。すかさずボブじいがライフルを構えた。銃口は真鍋をとらえている。

「ここはわしの現場だ。不法侵入者は排除せねばならん」

ボブじいの英語を解したのか、米軍仕込みの射撃姿勢に気圧《けお》されたのか、真鍋はしぶしぶ両手を挙げ、内ポケットを調べろ、とばかりに顎《あご》をしゃくった。ボブじいは一瞬の迷いを見せたものの、ライフルを手に真鍋に近づき、内ポケットを探った。一通の書類が出てきた。

「旦那に署名捺印《なついん》させて送ってくれ」

真鍋が言った。あたしは黙っていた。が、それだけ告げると真鍋はボブじいに一瞥《いちべつ》をくれ、ゆっくりときびすを返した。

とりあえずそれで用事はすんだらしい。真鍋は背中で銃口を意識しながら立ち去っていく。その背中が完全に見えなくなるまでボブじいは射撃姿勢を崩さなかった。

野次馬が現場を取り囲んでいる。

「暴発だ、暴発しただけだ」

ボブじいが声を張って野次馬を追い払いにかかった。遅ればせながら駆けつけたポリスにも同じ弁明を繰り返した。押し問答の末、ポリスもボブじいの強弁に根負けして引き上げていった。

雅也がいないことに気づいたのは、その直後だった。そして、それ以来、雅也の消息はわからなくなった。おそらくは真鍋に気づいて逃げだしたと思うのだけれど、もしそうだとしたら、あんまりだと思う。

雅也はあたしを置き去りにした。

そう思うと腹が立ってならなかった。それはあたしだって何度もひとりで逃げようと思った。でも、それでも思いとどまって一緒に行動してきたというのに、なんて非情な男なんだろう。

怒りにかられて押し黙っていると、ボブじいに肩を叩《たた》かれた。

「どれ、現場の準備にかかろうか。二人でやるとなると、こりゃ大変だぞ」

穏やかな笑みをつくる。

「マサヤだったら、そのうちに戻ってくる。この現場に戻らなかったら、つぎの現場に移動して待てばいい。そこにも戻らなかったら、そのつぎの現場だ。連絡事務所は全米各地にある。まあ、いずれどこかで会えるだろう」

一生懸命、励ましてくれた。けれど、あたしはそんなことなどどうでもよかった。もし戻らなくても、それはそれでかまわない。あたしはあたしで、これからはボブじいと一緒に生きていけばいい。すでにそんな気持ちになっていた。

開き直って爆破準備を続けた。

三人でもきつい作業をボブじいと二人、黙々とこなした。翌日からは、連絡事務所の戦友が見かねて手伝いにきてくれた。雅也ほどの戦力にはならなかったけれど、それでも作業の能率は大幅にアップした。おかげでセッティングは思った以上の早さで進み、ぎりぎり爆破予定日に間に合わせることができた。

爆破当日の朝。最後の作業を徹夜でやり終えたあたしたちは抱き合って喜んだ。今後もボブじいと二人のコンビネーションで仕事を続けていける自信もついた。

そこまではよかった。そこまではよかったのだけれど、いざ起爆スイッチを押したとたん、

「なんてこった」

ボブじいが声を上げた。

思いがけないことが起きた。起爆と同時にホテル全体が崩れ落ちるはずが、なぜか右半分だけが壊れないで残ってしまった。一階の右の壁に仕掛けたダイナマイトに不具合が生じたらしく、右の壁が均等に破壊されなかった。

大失敗だった。まるっきり崩れなかったのなら、もう一度爆破し直せばいい。が、半壊状態のホテルを再度崩落させるとなると、どの方向にどう倒壊するか、飛散物がどこに飛ぶか、ひじょうに予測がつけにくい。うかつに再爆破しようものなら周囲のビルも巻き込んだ大事故を引き起こしかねない。

ボブじいはうなだれていた。駆けだしのころは何度かしくじりもしたけれど、ここ三十年では唯一の失敗だった。

最後に失敗したのはニューメキシコ州タオスの兵舎の爆破。爆破仕事が波に乗ってきたことから慢心して、つまらない手抜きをした結果、半壊の憂き目にあった。しかも、失敗に慌てて再爆破したところ大量のレンガ片が飛び散り、隣接する住宅街に被害を与えてしまった。幸いにして死傷者はでなかったものの、それから一年近く仕事を干された。

「あのとき、あんなに肝に銘じたのになあ」

三十年間無事故無死傷者は、ボブじいの誇りだっただけに、さすがにショックだったようだ。

それでも気をとり直して原因究明にかかった。すると意外に早く原因がわかった。穿孔の傾斜角度。ボブじいが五十五度と定めた傾斜角度が一部分だけ七十度になっていた。雅也が失踪《しっそう》直前まで作業していた部分だった。

「雅也ったらもう」

どこまで出鱈目《でたらめ》な男だろう。

なのにボブじいときたら、わしがちゃんとチェックしなかったせいだ、と自分を責める。いつもは、しつこいほどチェックを繰り返してから爆破しているのに、突貫作業だった今回は、つい最終チェックが甘くなってしまった。

「わしも焼きがまわったもんだ」

ボブじいは嘆息した。丸まった背中にかける言葉はみつからなかった。

五日後、失敗のリカバリーに挑戦した。ボブじいにとっては屈辱の再爆破だったけれど、悲壮なまでの気合いが通じたのか、半壊ホテルは破片ひとつ飛ばすことなく見事に崩れ落ちた。

が、言うまでもなくその成功が讃《たた》えられることはなかった。当初の納期から五日遅れの爆破完了とあって、ギャラも支払われることなく、それどころか違約金まで請求された。

それでもボブじいは、雅也のことを一言も責めなかった。

「まあ仕方ないな。すべてはわしの責任だ。契約も、もともとそういう契約だったわけだし、発注元にしてみれば、瓦礫の撤去業者をいったんキャンセルさせられて跡地に建設するビルの起工スケジュールまで狂わせられたんだ。違約金ぐらい請求して当然だ」

このひとが父親だったら、どんなによかったろう、と思った。このひとが父親だったら、すくなくともあたしは十六で故郷を飛びだすことはなかったろうし、上京後の出鱈目な生活もなかったに違いない。わしを買いかぶるんじゃないぞ。ボブじいは、よくそんなことを言う。けれど、あらためてあたしは、長年探していたひとにようやくめぐり会えた気がしてならなかった。

再爆破に成功したその晩は、いつもと予定を変えてもう一泊、トゥーソンの町で過ごすことにした。

キャンピングカーに戻ると、あたしが先にシャワーを浴びた。土埃《つちぼこり》にまみれた髪とすっぴんの顔を、じゃばじゃばと洗った。考えてみれば、ここしばらく化粧もしていない。日本からもってきたリュックに入っていた旅行用化粧品は、一か月もしないうちに使いきってしまった。

ボブじいがシャワーを使っているあいだに夕食をつくった。Tボーンステーキにマッシユポテトにシーザースサラダ。いつもと大差ないメニューだったけれど、ビールのかわりにシャンパンを抜いた。

午後九時過ぎ、祝杯をあげた。せめてあたしたち二人だけでも再爆破の成功を祝いたかった。またたくまにシャンパンが一本空いた。ボブじいはすぐにバーボンに切り替える。小ぶりのグラスでストレート。あたしはオンザロックでつきあうことにした。

ひさしぶりに緊張から解放されたためか、ボブじいはめずらしく多弁だった。飲んでは語り、語っては飲むうちにすっかり酔いもまわり、やがてボブじいの独演会になった。

「そりゃ軍曹《ぐんそう》は厳しかったもんだ。たとえ結線の一本たりとも巻きが甘かろうもんなら、いきなり殴られる。貴様が手を抜いた一本のために不発が生じたら何人が戦死すると思ってるんだ。工兵部隊が確実に橋を落としてくれると信じているからこそ、歩兵部隊も安心して突撃できるんだ。橋の爆破をしくじったばかりに敵の機動部隊が攻め入り、歩兵中隊が全滅した悲劇も現実に起きてるんだ！　とまあ、何度同じ説教をきかされたことか。そうやってわしらは鍛えられたんだ。なのにどうだ、近ごろの爆破屋ときたら安易な仕事に流れすぎている。練り歯磨き爆薬を使えば不発でも安心、だと？　そんなこったから緊張感が薄れて、ろくな爆破ができなくなっちまうんだ。あいつら全員、軍隊にぶち込んで鍛え直しゃいいんだ。そもそもビル爆破って仕事は軍隊からはじまってるわけだしな」

「へえ、そうだったの?」

あたしは身を乗りだした。ボブじいがうれしそうに続ける。

「最初にビル爆破をやったのはイギリスの工兵隊だった」

第二次世界大戦のころの話だ。地続きのヨーロッパ戦線では、戦略上、何より大切なのは橋梁《きょうりょう》や建物の破壊工作だった。敵の進軍を阻止するために橋を落とす。敵の司令系統を断ち切るために要塞《ようさい》司令部を潰《つぶ》す。工兵隊は特一等の重要な任務を担っていた。それだけに失敗は許されない。素早く爆破して確実に破壊するために、国中から優秀な人材が集められ、最先端技術を駆使した任務遂行が要求された。おかげで爆破技術は飛躍的に向上した。今日にも伝わる爆破のノウハウが、つぎつぎに編みだされ、蓄積されていった。戦争がテクノロジーを発展させるとは、よく言ったものだ。

そうこうするうちに第二次世界大戦は終結した。これで工兵隊の任務も終了かと思いきや、こんどは思いがけない場面で再度の出番がまわってきた。

戦後、凱旋《がいせん》帰国した彼らを待っていたのは、ナチスの空爆によって廃墟となった街だった。ロンドンをはじめイギリス全土の主要都市が、市街地の立て直しに頭を悩ませていた。爆撃されたビルのうち、全壊したビルは瓦礫の撤去だけですむ。しかし大半のビルは半壊状態で、一棟一棟解体していたのでは途方もない手間と時間がかかる。そこで、戦場から舞い戻った工兵隊員に白羽の矢が立った。だれの思いつきなのか、戦場の爆破ノウハウを活用して半壊ビルを潰せば素早く撤去できて街の早期復興につながると考えた。

「素晴らしい発想だろう。初めてのビル爆破は、破壊が目的ではなく、街を復興させ、未来を創るために活用された。それを知ったわしは、ますますこの仕事に惚れ込んだもんだった。世の中には、建築家はちやほやするくせに、爆破屋ときくとなめてかかる連中が多い。だが、人間の歴史はスクラップ・アンド・ビルドの積み重ねで進化してきた。そしてわしらは、その一翼を担っているわけだ。素晴らしい仕事じゃないか。誇らしい仕事じゃないか。だからこそ、わしはこの仕事に生涯を賭けた。これぞ一生を賭けるにふさわしい仕事だと信じたからだ」

いつになく興奮した声色でまくしたてると、ボブじいは急に声を潜めた。

「だから、いいかマユミ、おまえはアメリカで生きていけ」

あたしを見据える。

「おまえがどんな事情を抱えているか、それは知らないし、知ろうとも思わない。だがとにかく、いま言えることはひとつだ。おまえはわしの後継者になれ。後継者になって爆破に生涯をかけろ」

あたしは黙っていた。どう反応していいのかわからなかった。

「この国は事情のあるやつばかりが海を渡ってきてつくった国だ。おまえがどんな事情を抱えていようが、どうこう言える資格のある人間などひとりもいない。要は、この国で本気で生きていこうとする意志があるかないか、それだけなんだ」

「けどあたしは」

続く言葉がうまく見つからなくて、あたしはバーボンを流し込んだ。混乱していた。こんなときに突然、後継者になれと言われても戸惑ってしまう。

ビル爆破は天職だと思うし、ボブじいも大好きだ。そして、アメリカという国も嫌いじゃない。いや好きだ。でも、だからといって、このままボブじいの後継者となってアメリカで生涯を終える、という決断は重すぎる。故郷を捨てた出鱈目な娘にも郷愁はある。何がどう心残りなのかもわからないけれど、そう簡単に割り切れるものじゃない。

考えをめぐらせていると鼾《いびき》がきこえた。いつのまにかボブじいがグラスを手にしたままテーブルに突っ伏している。疲れているのだろう。この年齢にして二週間のハードワークは、かなりの負担だったはずだ。

ベッドから毛布をもってきた。三本しかない指をグラスから外して毛布をかけた。ついでに肉づきのいい大きな体をそっと抱きしめてみた。あたたかかった。太い二の腕に頬《ほお》を押し当てると、バーボンと土の匂いがした。

顎の嚙み合わせがおかしい。

それでなくてもぼくの顎は細くて弱いというのに、左下から斜めに一撃、アッパーぎみに殴りつけられたものだから、下顎が右上にずれ込み、ぎしぎし痛んで仕方がない。

ロサンゼルス、ダウンタウンの遅い午後。グレイハウンドバスの停車場ディーポからリトル東京に向かって歩いている途中、ふらふら近寄ってきた黒人男に金をだせと脅された。ポケットには十ドル札五枚と小銭しかなかった。もっとないかと催促されて首を横にふったとたん、パンチを見舞われた。拳銃で撃ち殺されなかっただけまし、という考え方もないではないが、アメリカ人の目には、よほどぼくがカモに見えるのだろう。これで二度までも、なけなしの金を奪われたことになる。

トゥーソンの町から逃げだして一週間。コロラド州、ユタ州、ネバダ州と各州をうろついた。しかし、もう田舎町はたくさんだ。不法滞在のアジア人が心地よく生きるには、やはり都会しかない。ようやくそう悟ったものだから、グレイハウンドに揺られてロサンゼルスまでやってきた。

最後に残った五十ドルを虎《とら》の子に、市内に数社ある爆破会社に売り込んでまわろう。野宿してファーストフードで腹を満たして頑張れば、二、三日もあれば雇ってもらえるだろう。そう考えていた。いまのぼくには知識もノウハウも経験もある。うまくすれば現場のサブチーフぐらいまかせてもらえるかもしれない。そんな期待まで抱いていたというのに、頼みの綱の虎の子を奪われてしまっては、売り込むまえに飢え死にしてしまう。

こうなったらフードドライブの世話になろうか。そうも考えた。貧しい人々に食べ物を提供するアメリカ独自のシステムで、万一のとき飢え死にしないように覚えておけ、と冗談半分、ボブじいが教えてくれたことがある。

たいていのスーパーのレジには、「フード・フォー・エブリワン」と印刷されたチケットが置かれている。レジで精算するときにチケットも一緒に渡せば、一ドルとか二ドルとか書かれたその金額だけフードドライブに寄付され、寄付金を原資に貧しい人々に食べ物が配給される仕組みになっている。カリフォルニア州だけでも何十万人と利用しているという。

ただ、どこにいけば食べ物をくれるのか、それがわからない。といって、うっかり公共機関に出向いた日には移民局に通報されて、滞米九十日を超過していることが発覚すれば国外追放だ。おまけに日本に帰ったら帰ったで、アメリカの片田舎まで追いかけてきた輩《やから》に脅されて、ますます途方に暮れることになる。

結局、フードドライブ案は却下した。こうなったら日本語が通じる場所で打開策を見つけるしかない。黄昏《たそがれ》のダウンタウンをとぼとぼ歩いてリトル東京の中心街をめざした。松坂屋と横浜おかだやが入居しているビルが見えてきた。隣接しているのはホテルニューオータニだ。懐かしかった。街角で日本の企業の名を見かけるのは成田空港を発《た》って以来のことだ。

その瞬間、ふと思い出した。そうだ、航空券があった。すっかり忘れていたが、成田空港でアメリカ入国用に往復航空券を買い、日本への帰国用はパスポートのケースに挟んであった。

すぐさまニューオータニに飛び込み、日本人ホテルマンに金券ショップがないか尋ねた。どうせ帰国できない身の上だ。この際、さっさと換金してしまうことにした。

異国の日本人は親切だった。金券ショップの場所から換金方法まで詳しく手ほどきしてくれた。十五分後、ぼくは千五百ドルの現金を手中にしていた。足元を見られて叩かれたが、それでも、アメリカ滞在中初めて大金をものにした。

その足で歓楽街に向かった。惨めだったさっきまでの反動なのか、一晩ぐらい羽目を外してもバチは当たらないだろうと思った。再び日本人ホテルマンに尋ねたところ、ウエストハリウッドはどうですか、と勧められた。勇んでタクシーで乗りつけた。タクシー代は三十ドルほどだったが、それでもまだ千四百七十ドル残っている。

宵の口から何軒もはしごして歩いた。飯を食って酒を飲んでクラブで踊ってセクシーショーを観て、最後は調子づいてブロンドの白人女まで抱いた。こうした楽しみをひさしく忘れていた。せっかくのロサンゼルスだ、このぐらいの遊びは許されるだろう。

それがいけなかった。それでも節制して遊んだつもりだったが、酔って気が大きくなったせいだろう、一夜明けたら所持金は四百ドルに減っていた。大散財だった。場末のホテルで目覚めた翌朝、自己嫌悪で頭を抱えた。

このままではだめになる。この四百ドルがなくなったら、こんどこそ身の破滅だ。危機感に衝《つ》き動かされてベッドを離れた。最後の気力を振り絞って仕事探しに出かけることにした。

ニトロサンダー社、USデモリッション社、ハーベイ&モリス社。電話帳で調べて、三つのビル爆破専門会社に当たりをつけた。ただ、真正面から雇用を望んだところで門前払いは目に見えている。ラスベガスのとき同様、会社の玄関前に張り込み、目星をつけた社員に体当たりで売り込むことにした。

ハーベイ&モリス社は、ウエストハリウッドから三マイル、六キロほど離れたウエストウッドにある。この距離なら徒歩圏だ。ここを標的にしようと一時間半かけて歩いた。昨夜の放蕩《ほうとう》が祟《たた》って体力的にはきつかった。それでも道すがら、セールストークを考えて、声にだして練習しながら歩き続けた。

ウエストウッドの大通りには、日本でも知られるスターバックスやサブウェイなどカジュアルな店ばかり並んでいた。道を行く人びとも大半がカジュアルな学生風で、こんなところに爆破会社があるんだろうかと不安になった。

大通りから一本入ったストリート沿いにハーベイ&モリス社はあった。こぢんまりした三階建てのビル。もっと大きな会社だと思っていたのだが、これなら社員もつかまえやすいかもしれない。

さっそく玄関前の歩道に張り込んだ。運のいいことに、ちょうどランチタイムになったばかりで、ビルの中からは、つぎつぎに社員が吐きだされてくる。勇気を奮って声をかけた。役職者っぽくて人情味がありそうな社員に的をしぼった。

五人に無視され、三人に笑われ、二人に気味悪がられ、やっと一人が立ち止まってくれた。三つ揃《ぞろ》いスーツの白人男だった。貫禄からして役職者に違いない。ここぞとばかりに接近してセールストークをまくしたてた。

白人男は、しばらく耳をかたむけていた。が、途中で話を遮って言い捨てた。

「まともに英語がしゃべれるようになってから出直しな、ミスター・マンキー」

早口だったから、すぐにはぴんとこなかった。しかし、白人男が立ち去ってからようやく気づいた。来米して三か月。列に並んでいたのに後回しにされたり、声をかけても店員に無視されたりした経験は何度かあったが、ここまであからさまに差別を表明されたのは初めてだった。

それでも売り込みを続けた。こんなことでめげていては、この国では生きていけない。ランチタイムが終わってからは、ビルに出入りする人間に片っ端から声をかけた。

ほどなくしてビルの警備員がやってきた。

「怪しいものじゃない。仕事がほしいだけなんだ」

説明したものの、でっぷりと太った警備員は手のひらを下に向け、あっちにいけ、とひらひらさせる。無視していると、べつの警備員も飛んできた。不穏なムードになってきた。無理しないほうがよさそうだ。仕方なく引き上げかけたそのとき、

「マサヤ」

名前を呼ばれた。振り向くとスーツ姿の若い黒人がいた。きょとんとしていると、

「ぼくだよ、忘れたの？」

若い黒人がひとなつこく笑った。

「ダニー」

ぼろぼろのTシャツに膝《ひざ》から下を切り落としたジーンズを穿《は》いていれば、すぐわかったのだが、ずいぶんと立派になったものだ。こんな偶然があるんだなあ、と二人で肩を叩き合って再会を喜んだ。

一時間後、ぼくたちはウエストウッド大通りのスターバックスで再度落ち合った。大通りの先にはUCLAのキャンパスがある。キャンパスから程近いことから、ダニーは今日、ハーベイ&モリス社の担当者に会いにいった。担当者と渡りをつけたところで後日あらためて正式にインタビュー、つまり面接に臨む段どりだった。

「もう就職活動をしてるのかい?」

「卒業後の進路は早めに決めとかないとね。このところはインタビューばっかりさ」

「けど、ダニーは設計家志望じゃなかったっけ?」

もちろん、とうなずいてからダニーはカプチーノを啜《すす》った。

最終的には設計の仕事をやりたい。でも、まずはビル爆破会社に就職して、大規模ビルの爆破現場で経験を積んだうえで設計の仕事に就いても遅くはない。通常の設計家の道を歩むより、そのほうが独自のキャリアとなって有利に働くに違いない、と考えたという。

「明るい未来って感じだなあ」

ぼくは笑った。複雑な気持ちだった。つい先日まで同じキャンピングカーの飯を食っていたというのに、かたや前途洋々の就職活動。こっちはやけっぱちの飛び込み求職活動。

「だけど、何でマサヤはひとりでいるの?」

ふとダニーが尋ねる。マユミとボブじいはどうしたのかと訝《いぶか》っている。

「それが」

言葉に詰まった。

だが、ここは正直に話したほうがいいかもしれない。後先考えずに逃げだしてきたものの、いまにして思えば無責任な行動だったと悔やむ気持ちもないではない。

「日本から追っ手がきたんだ」

日本の友だちから専門書を取り寄せたことで足がついたらしく、とっさに現場から逃げてしまった、と打ち明けた。

ダニーが表情を強張《こわば》らせた。

「率直に言うけど、なぜマサヤがマユミを置いて逃げたのか、その気持ちがわからない」

「動転してたんだ」

「動転していたにしても、あんまりだと思う。日本で何があったか知らないけど、ぼくが知るかぎりマサヤもマユミも悪い人間とは思えない。もし何かのトラブルに巻き込まれて追われているんだとしたら、マサヤの役目はマユミを守ってあげることじゃないか。ボブの連絡事務所に指示して今後は居場所がバレないようにもできるわけだし、なぜマユミを見捨てなきゃならないんだい？」

早口の英語だったが、ダニーの憤りと言いたいことは伝わってきた。

ぼくは俯《うつむ》いた。ダニーは興奮を抑えるようにまたカプチーノを口にしてから、ゆっくりと腕を組んだ。

「マサヤとマユミは、ケリー夫妻になれると思ってたんだ」

ケリー夫妻？　ぼくは顔を上げた。

「世界一の爆破解体をやってのけた有名な夫婦だよ」

アイダホ州在住のビル爆破のプロフェッショナル夫婦。困難きわまりない数々の爆破仕事を夫婦一体となって成功させてきた。

とりわけフィラデルフィアの流通センターの仕事は業界でも語り草だ。爆破解体面積は二十五万平方メートルと世界一の規模。もちろん、これだけの規模ともなれば、ケリー夫妻だけで成功させたわけではない。配下にビル爆破会社のスタッフを従え、夫婦二人三脚で陣頭指揮をとった。最終的には夫が全爆薬の仕込みをチェック。妻はビル周辺の安全をチェック。準備万端整ったところで夫婦揃って起爆スイッチオン。その瞬間、巧みに仕掛けられた三万六千本のダイナマイトが炸裂して巨大流通センターは五秒で崩落した。

「私たちは、ただビルを壊しているわけじゃない。滝が流れ落ちるような美しさがなければだめだと考えている」

ビル爆破に対してケリー夫妻は、こんな理想を抱いている。そして実際、フィラデルフィアの流通センターのほかにも二人の理想を体現する芸術的な爆破を何度となく披露してきた。

アラバマ州の築百年のホテルを爆破した際は、六メートル横にガラス張りの銀行が建っていた。そこでケリー夫妻は、ホテルの四方の外壁と中央に立つ柱をワイヤーで結び、四方の外壁が内側に崩れる仕掛けを考えた。外壁は思惑どおり中央に吸い込まれるように倒壊し、銀行のガラスには傷ひとつつかなかった。

またある発電所の爆破では、爆破する旧発電施設と現発電施設の距離が、わずか数十センチしかなかった。万が一、操業中の現発電施設に影響が及べば周辺地区全域が停電騒ぎとなる。そんなプレッシャーの中、ケリー夫妻は旧発電施設を逆方向に崩落させ、現発電施設からの送電は一秒たりとも止めなかった。

「まったくすごい夫婦だよ」

ボブの爆破が燻銀の職人芸だとしたら、ケリー夫妻の爆破は眩《まばゆ》いばかりの芸術品だとダニーは讃《たた》える。

「で、一緒にツアーしてるころから思ってたんだけど、マサヤとマユミはケリー夫妻をめざしたらどうかと思うんだ」

ダニーにとって麻由美は姉だった。ぼくは兄、ボブじいは祖父。この家族が協力し合って爆破ツアーを続けていけば、いつかきっとぼくたち夫婦はケリー夫妻になれる。爆破の技術力にたけた夫。爆破のイメージ力に優れた妻。技術派とイメージ派が一体となってボブじいの職人芸を継承すれば、新時代のケリー夫妻が誕生することは間違いない。

「こう言ったら何だけど、いまのマサヤが爆破会社に就職しようとしても、絶対に無理だと思う。そんなことで四苦八苦しているよりは、マサヤは一刻も早く戻るべきだと思うんだ。いまからでも遅くない。どうかお願いだから、キャンピングカーにいるファミリーのもとに帰ってほしい」

4

「背中、洗ったげようか？」

あたしが言うと、背中？　とボブじいが怪訝《けげん》な顔をした。

「日本じゃ、仲のいい親子は背中の流しっこするもんなの」

「ほんとか？」

ボブじいが笑いながら露天のお湯を手のひらで叩いた。皮膚病や神経痛、リューマチにも効くという硫黄泉が、午後の陽にきらめく水滴となってあたしの顔に跳ねかかる。日本には詳しいんだぞ、といつも言っているわりには、からかわれていると思ったらしい。んもう、ほんとの話なんだよ。あたしも思いきりお湯を叩いて跳ねを返してやった。

ボブじいと一緒に、森の中の湯船に浸かっている。ファミリー・レンタタブと呼ばれる四人家族用の丸いバスタブなのだけれど、二人全裸になって手足を伸ばしていても、もう何の不自然さも感じなくなっている。

サンディエゴで仕事をしたついでに、西海岸のビーチ沿いに北上。一号線からすこし内陸に入ったディアボロ渓谷の「シカーモ・ミネラル・スプリングス」に立ち寄った。ここは大半が家族風呂というユニークな鉱泉リゾートで、大きな露天風呂はひとつしかない。宿泊施設もファミリー向けのログハウスが中心になっている。

サンディエゴの仕事のギャラで、トゥーソンの仕事の赤字をいくらかでも埋め合わせできた。つぎの仕事まで日にちの余裕もあることから、たまには骨休めをしようと、ファミリー用のコテージを借りてのんびりすることになった。

「ねえ早く」

ボブじいを無理やり湯船から上がらせた。ぜひ日本の習慣を教えてあげたくなった。こんな妙なことをするアメリカ人はどこにもいないぞ、と照れ笑いしつつも、ボブじいは湯船のかたわらのテラスに腰を下ろしてくれた。大きな背中には金色の産毛《うぶげ》がびっしり生えていた。年相応にシミが目立ち、皮膚もたるんでいるけれど、たくましい背中だった。

ハンドタオルでごしごし擦《こす》った。おいおい、皮が剝《む》けちまうぞ。ボブじいが背中を揺すって文句を言う。ちょっと黙ってて。あたしはかまわず擦り続けた。

木立から鳥が飛び立った。渓流のせせらぎもきこえる。心地よい午後だった。十月になったとはいえ、このあたりの平均気温は摂氏二十度以上。この時間なら二十五度近くあるはずだから、露天でも平気で裸でいられる。

いいもんだな。しみじみと思った。自分のおじいちゃん、いやお父さんの背中を流している気分だった。ほんとうのお父さんは仕事が忙しくて、ぜんぜんお風呂に入れてくれなかったけれど、小さいころ、こういうことをしてみたかった。

「そういえば、ボブじいのファミリーは？」

考えてみれば、これまで一度も家族の話をきいたことがなかった。

「ファミリーか」

ボブじいは間《ま》を置いてから呟《つぶや》いた。いけないことをきいてしまったのだろうか。怒っているわけではなさそうだけれど、それっきり黙り込んでしまった。

「あたしは家を飛びだしたの」

かわりにあたしがしゃべっていた。急にしゃべりたくなった。

「だけど妙なことにね、何で家を飛びだしたのか、それが自分でもわからないの」

高校に入学して二週間後には故郷を後にしていた。ある日曜日の午後、近所の友だちの家に遊びにいくみたいに家を出て、そのまま駅から電車に乗ってしまった。

高校が嫌だったわけじゃない。新しい友だちにいじめられたわけでもない。先生が気に入らなかったわけでもなければ親と喧嘩したわけでもない。ふつうの両親に、ふつうに育てられて、ふつうの女子高生になったあたしだったのに、突如として家出して上京したきり、その後は一度も帰郷していない。雅也と入籍したときですら一本の電話もしていない。

どうしてなんだろう。まだ雅也と出会うずっと以前、東京の繁華街でぶらぶらしていたころ何度も考えた。でも答えは見つからなかった。

「何かトラウマがあるんじゃないか?」

そのころ付き合っていた大学生の彼は言った。

「そんなものないよ」

「いや、あるはずだ。自分じゃ気がつかないだけなんだよ」

幼いころに性的暴力をうけたとか、両親の不仲に泣かされたとか、陰湿ないじめに遭っていたとか、胸の奥底に何かが絶対に隠されているはずだと彼は言い張り、カウンセリングの真似事までしてくれた。

けど、ほんとうにそんなことは何もなかった。

上京してからは行き当たりばったり、いろんなバイトをやって遊び暮らした。その日さえ楽しければいい。お金がなくなれば男にたかったり、おやじを騙したりした。でも根がふつうの女だったからなのか、本物の性悪女になることはできなかった。ただ何となく楽しく生きていければいい。そんなちゃらんぽらんなことだけ考えているうちに毎日が過ぎていく。そんな感じだった。

「そうか、あたしはちゃらんぽらんに生きてみたかっただけなのかもしれない」

「そんなの動機になるかよ」

大学生の彼に笑い飛ばされた。でも、ほんとうにそれ以外、あたしが家を飛びだした理由や動機は考えられなかったし、それはいまでも変わらない。あたしって、いったいどういう人間なんだろう。ときどき自分のことがわからなくなってくる。そして、いまあらためてボブじいと家族みたいな暮らしをしていると、いつかまた飛びだすときがくるんだろうかと、急に不安になったりもする。

「人間の行動にはな、もともと理由や動機なんてものはないんだよ」

黙って話をきいていたボブじいが口をひらいた。背中を流し終わり、また二人で湯船に浸かっている。

シャワーで体を洗うとき、なぜ右手から先に洗うのか。なぜ左手から先に洗うのか。その理由や動機をきちんと説明できる人間がいるだろうか。理由や動機なんてものは、あとづけしたものにすぎない。行動するその瞬間は、だれだって理由や動機なしに行動している。

「だから、行動してしまったら、その事実を素直に受け入れるしかない。そういうことだろうな」

ボブじいは静かに微笑んだ。あたしは問い返した。

「ボブじいもそうだったの？　ボブじいもそうやって受け入れてきたわけ？」

「それは」

ボブじいは自嘲《じちょう》するように笑うと、両手でお湯をすくった。ゆっくりと顔を洗い、大きな吐息をついてから、お湯を鳴らして立ち上がる。

「背中、流してやろう」

ハンドタオルを手に、湯船の脇のテラスにあたしを促す。素直に湯から上がり、後ろ向きに座った。やわらかい大きな左手で肩をつかまれた。右手が背中を上下しはじめる。けっこう力が入っている。でも、それはそれで気持ちよかった。

陽が陰ってくる時間まで家族風呂にいた。お湯に浸かったり、テラスでうたた寝したり、売店で買ってきたビールを飲んだりして過ごした。夕飯は、コテージの近くのレストランで白身魚のディナーを食べてワインを飲んだ。ボブじいがすぐにバーボンに切り替えたものだから、ワインボトルの大半をあたしが空けた。

午後九時前にはコテージに戻り、あたしはすぐにベッドにもぐり込んだ。午後の鉱泉浴は体力を消耗する。心地よい疲労とワインの酔いも手伝って瞼《まぶた》が重くなっていた。

「寝ないの？」

ボブじいに声をかけた。が、すでにボブじいは窓際のカウチで寝入っていた。

翌朝。目覚めるとボブじいがいなかった。

時計は午前八時半をまわっている。熟睡のあまり朝寝坊してしまった。

朝湯に浸かりにいったのかもしれない。ここのお湯は早朝から入れる。あたしもお付き合いしようと思い、寝ぼけ眼《まなこ》で露天風呂に向かった。森の中を抜けるテラスの廊下を辿《たど》って歩く。緑の香気を含んだ大気が、きのうよりちょっと冷たく感じる。

やはりボブじいは露天風呂にいた。ファミリー用の丸いバスタブに、ひとりぽつんと浸かり、考え事でもしているのだろうか、いつになく思い詰めた表情をしている。

湯船の近くの脱衣場で裸になり、

「おはよう」

ボブじいの隣に身を沈めた。起きぬけの素肌に硫黄が薫る鉱泉がしみてくる。

ボブじいは黙っていた。妙な空気だった。気まずいわけでも白けているわけでもないけれど、あたしから話しかけてはいけない気がした。

しばらく鉱泉の温《ぬく》もりを味わった。朝の太陽が、立ちのぼる湯気を白く透かしている。

「わしは」

ふいにボブじいが語りはじめた。

「わしはファミリーなんかもってはいけない男でな」

遠くを見ている。あたしは続く言葉を待った。ボブじいは何かを語ろうとしている。今日はあたしが耳をかたむける番だと思った。そのとき、ぽちゃりとお湯が鳴った。ボブじいが、ゆっくりとあたしに向き直る音だった。

「ジャパンにあるトーキョー・タワー、あれはアメリカの戦車を壊した鉄でつくられた。知っているかな?」

冗談を言っている目ではなかった。さあ、とあたしは首をかしげた。

あれは一九五三年の冬のことだから、もう五十年近くも前のことになるか。当時、サンフランシスコ郊外の町で暮らしていたわしは、ハイスクールを卒業して技術屋として働いていた。

いいや、爆破の技術屋ではない。ケーブルカーのメンテナンスをやっていた。そう、サンフランシスコの街を走るケーブルカーだ。デッキにぶらさがりたかった？　いやいや、それはわしの管轄じゃなかったな。車輌《しゃりょう》の整備やら牽引《けんいん》ケーブルの点検やら、それがわしの仕事だった。ああ、気に入っていたよ。この仕事を一生やろうと思っていた。だが、しばらくして、いろいろと事情があって軍に入隊した。二十歳のころだ。

さっそく新兵教育をうけた。技術屋だったもんだから工兵の集中訓練だった。ふつう、工兵の選抜試験は厳しい。わしなんかが、そう簡単になれるもんじゃなかった。だが、あの時代は世界大戦の後遺症で兵員が不足してたんだろうな。おかげで、いつか話した鬼軍曹に鍛えられることになったわけだ。

訓練が終わるなり海外基地に配属が決まり、いきなりジャパンに派遣されることになった。もちろん、ジャパンなんて国はろくに知らなかった。チャイナやコリアとの区別すらつかなかった。ダグラスＣ-１２４輸送機に詰め込まれて、生まれて初めて太平洋を越えた。怖かったよ。新兵はみんなびびっていた。第二次大戦は八年前に終結していたが、数年前に朝鮮戦争が勃発《ぼっぱつ》していたからな。ジャパンは兵員と物資の補給基地になっていたから、まずジャパンに派遣されたうえで朝鮮半島に送られるのは目に見えていた。

予想は大当たりだった。ジャパンに到着した翌月には朝鮮半島へ飛べと命じられた。最前線で体を張ってこいというわけだ。もうだめだと思った。なにせわしの部隊は三十八度線付近に配属されたからな。三十八度線といったら、その後に休戦協定が結ばれた南北境界線だ。それだけに激戦地だった。実際、悲惨な戦闘でな。山間《やまあい》の森林地帯だけにゲリラ戦のような泥沼の戦いが続いて、わしらの部隊で最終的に生還した兵士は三割にも満たなかった。

わしも苦戦を強いられた。工兵の交替要員として最前線に送られたものの、緒戦から戸惑いの連続だった。なにせルールも情けもないゲリラ戦だ。さっそく爆破工作を命じられたはいいが、掟《おきて》破りの敵兵相手に新兵教育用の技術マニュアルなんか通用しやしない。発破係数だの何だのと呑気《のんき》に計算してるうちに、ブッシュから這《は》いだしてきた敵兵に殺《や》られちまうんだから。

そこでわしはやり方を変えた。前線の修羅場では技術マニュアルなんぞ邪魔なだけだ。臨機応変、速攻型の直感爆破に徹しよう。勝手にそう決めて実践しはじめた。上官の目が届きにくいゲリラ戦だからこそできた無茶だったが、最初は試行錯誤の連続だった。失敗も数々あった。それでも、アメリカに生還したい一心で頑張っているうちに直感爆破が成功しはじめた。もともと素質もあったんだろうな。目で見て、イメージして、直感で爆薬をセッティングすれば打率九割五分で爆破が成功するようになった。

この噂《うわさ》が前線の各部隊に伝わった。腕っこきの工兵隊員がいると評判になって、あちこちの部隊からお呼びがかかりはじめた。

指揮系統？　そんなものは関係ない。泥沼のゲリラ戦線に置かれたら、生き残るためなら猿でも利用しようと考える。わしの腕前が知れ渡ったとたん、士官同士が取引してまでわしを使ってくれるようになった。戦果に応じて報酬を払ってくれる士官もあらわれた。うちの隊は倍額支払おう、とわしを独占しようとする士官までいた。もちろん、わしも期待に応えた。どんな標的でも素早く確実に爆破してみせたし、どんな難しい爆破でも、できないと口にしたことは一度もなかった。

気がつくと、『陰の工兵隊長』と呼ばれていた。そりゃうれしかったよ。本物の隊長より先に一兵卒に爆破の相談がきて、裏の報酬までもらえるんだ。ちょうどそのころ、うっかり右手の指を二本飛ばしちまったんだが、それでも頑張り続けたもんだった。

ジャパンのヨコタに戻されたのは、休戦協定が調印されて一年ほど経ってからだった。もっと早く戻れた戦友も多かったんだが、士官たちに重宝されたことが裏目にでて、休戦後もしばらく三十八度線から離してもらえなかった。おかげでわしは、すっかりすさんでしまった。陰の工兵隊長として活躍するうちに金回りはよくなるし、待遇も士官並みになった。たまに骨休めで補給基地に下げられたときも、一兵卒のくせに士官クラブに出入りできた。そりゃもう有頂天だった。怖いものなしだった。で、そんな精神状態のままヨコタに戻ってきたもんだからたまらない。

軍の側からすれば、殺伐としたゲリラ戦で消耗した兵士をいきなり本国に帰しても悪影響がでる。そこで、心と体のリハビリも兼ねて、いったんジャパンに立ち寄らせたのだろう。ところが、わしときたらリハビリどころか弾けてしまった。ジャパンに舞い戻るなり狂ったように遊びはじめた。

フッサ、タチカワ、シンジュク、ロッポンギ、いろんな街に繰りだしたものだ。サケをくらってオンナを抱いてバクチに溺《おぼ》れてクスリもきめた。そりゃもうあらゆる悪さをやりまくったし、悪さをやりまくれる絶好の環境だった。

当時のジャパンは天国だった。

もはや戦後ではない、なんて言葉も数年後に流行《はや》ったらしいが、なに、それでもオキュパイド・ジャパンの影は色濃く残っていて、占領軍の人間はやりたい放題だった。酒場で気にくわない日本人を殴り殺そうが、自動車に駆け寄ってきた子どもを撥《は》ね飛ばそうが、ノープロブレム。ベースに逃げ込めばザッツオールだった。そのうえわしは、陰の工兵隊長で稼いだドルを、ひと財産といっていいほどもっていた。あのころのジャパンではドルは黄金の紙だった。十ドル札の一枚もひらひらさせりゃ、オネーチャンもゲイシャガールもユーカンマダムも、ほいほいついてきたし、わし専属の娼婦だって何人も抱えることができた。

ああ、たしかにひどい話だ。日本人のマユミには失礼このうえないし、わしにとっても恥ずかしい過去だ。だが、逃げ口上と思われると困るんだが、それが戦争の勝敗ってものなんだろうな。戦勝国のアメリカ人は、とにかく好き勝手やっていて、その尻馬に乗ってわしも遊びまわっていたというわけだ。

おかげで温泉も好きになった？　いや、それは違う。温泉好きはゲイシャ遊びからきたわけじゃない。温泉だけはまったくべつのルートで覚えた。フッサから近いタチカワの街の片隅に、ジャパニーズしか行かない赤チョウチンがあったんだが、そこのオヤジサンとオカミサンが温泉の愉しみを教えてくれたんだ。

きっかけは酒場での喧嘩だった。日本で遊びはじめてしばらくしたころ、タチカワの街に遊びに出かけ、酔った勢いでジャパニーズのやくざをからかった。たまたま英語がわかるやくざだったもんだから、一本欠けた指を見せながら「おれはやくざより指一本格上だ」なんてジョークを飛ばしていたら殴りかかってきた。当然、わしも応戦した。ところが腕っぷしの強い男でな。ぼこぼこに殴られて蹴《け》られてボロ雑巾のようになってタチカワの裏町に放りだされた。そのとき介抱してくれたのが、目の前の小さなビルで営業していた赤チョウチンのオヤジサンとオカミサンだった。

以来、ちょくちょく店に顔をだすようになったんだが、あの夫婦には世話になった。あとできいた話じゃ、一人息子を南方の戦線で失い、夫婦二人暮らしだった。なのに、息子を殺したアメリカ兵のわしを、戦死した息子と同じ歳だってことで、ほんとうの息子のように可愛がってくれた。

二人とも英語はできなかった。わしも日本語など覚える気はなかったが、それでも話は通じた。サケを飲み過ぎるなとか、馬鹿な喧嘩はやめろとか、説教もよくされた。だが、不思議と腹は立たなかった。よそでは相変わらずでかいツラして遊び倒していたわしが、オヤジサンとオカミサンがいるときだけは悪さができなかった。

だから初めてキヌガワ温泉に連れていかれたときも、ゲイシャも抱かなきゃ喧嘩もしないで、お湯に浸かってちびちびサケを飲んですぐに寝ちまった。それでも、あのときの温泉は忘れられない。ほかじゃ荒っぽい遊びばかりしていたぶん、なおさら心地よさが身にしみたもんだった。

そうこうしてるうちに、手持ちのドルが底をついてきた。それはそうだ。いくら黄金の紙とはいえ、日本に戻って一年以上も節操なく使い続けていたんだから、底をついたところで当然だろう。日本人から見たら高額なＧＩの給料も、派手な放蕩《ほうとう》生活には追いつかない。どうしたもんかと困っていたところに、おいしい話が飛び込んできた。

　朝鮮戦争で壊れた数百輛の戦車を日本に引き上げた。うち百輛を解体して日本の製鉄会社に売り渡す契約が成立したので、ついては、壊すことが得意なボブに解体現場の監督を頼みたい。朝鮮半島の前線で親しくしていた士官からそう声をかけられた。たしか一九五六年のことだった。

　これは金になると直感した。駐留米軍と日本の業者の取引に賄賂《わいろ》が発生することは、だれもが知ってる常識だ。二つ返事で引きうけると、さっそく、愛車のシボレーを駆って在日米軍のトコロザワ補給廠《しょう》に乗りつけた。そして、このときだった。初めてニシワキと出会ったのは。

　ヨコタから程近いトコロザワには、それまでも何度かきたことがあった。補給廠の周辺に三百軒以上も娼館《しょうかん》があることから、気分を変えたいときに遊びにやってきたんだ。バーで一杯ひっかけて、バタフライとか呼ばれる娼婦と一夜を過ごして帰るのが毎度のパターンだったが、売春街に隣接したトコロザワ補給廠に入ったことは一度もなかった。

　補給廠内に入ったときは仰天した。町がひとつすっぽり入ってしまうほどでっかい原っぱに、朝鮮半島で活躍したＭ４とＭ47、二タイプの戦車が見渡すかぎり並べ置かれていたんだ。これだけの戦車を解体するのに、どれだけの時間がかかるんだろうと、しばし茫然《ぼうぜん》としたものだ。

「これじゃ戦に負けちまうはずだよな」

そのとき英語で話しかけられた。マユミと同じオーストラリア訛《なま》りの英語だった。

「うちら日本じゃ鉄が足んなくて鉄屑《てつくず》の買い付けに大わらわだってのに、あんたら、こんだけの鋼鉄兵器を修理もせずにスクラップにしちまおうってんだから大したもんだぜ。車にしたって、あんたのシボレー、窓が電気で開くんだろ？　そんなすげえ車、おれたちゃ見たこともねえ。よくもそんな途方もねえ国に戦争を仕掛けたもんだ」

苦笑すると煙草に火をつけた。

この男がニシワキだった。三十そこそこといった年格好のニシワキは、細面《ほそおもて》のやさ男で、ぱりっとした背広を着ていた。タバコは新品のラッキーストライク。日本人としては、かなり羽振りがよさそうだったから、てっきり解体業者の社長だと思った。

その日はさっそく二人で盛り場に繰りだして、飲んで騒いで何軒も梯子《はしご》したところで娼館にしけ込んだ。勘定は全部、ニシワキが払ってくれた。あんたはこの国のお客さんだ。お客さんに金は使わせねえ。そう言って札ビラを切ってくれた。

それからというもの、ニシワキは連日、日暮れ近くになると解体現場にやってきた。そして、朝から出勤しているわしに声をかけ、おきまりの遊興コースに連れだしてくれる。こんなありがたい人間はいなかった。それでなくてもわしの仕事は退屈でな。戦車が武器として日本側に渡らないように、確実に解体されたかどうか見守るだけの仕事だ。三日としないうちに馬鹿馬鹿しくなって、わしも日暮れ近くに出勤するようになっちまった。

てっきり解体業者の社長だと思っていたニシワキは、じつは人材調達係だった。戦車の解体は、酸素ボンベを使った鋼鉄切断職人「酸素屋」が主役なんだが、ほかに現場作業員「手もと」が大勢必要になる。つまりニシワキは、日雇い労働者を駆り集めてくる手配師の元締めだった。まあ早い話がやくざの一種だが、しかし、わしとしては遊ぶ金さえまわしてくれるなら、だれでもかまわなかった。実際、ニシワキはその後、もっと金になる仕事を回してくれたしな。

ちなみに、このとき解体した戦車がトーキョー・タワーになった。いや、これはほんとうの話だ。そのころの日本には、まだ鉄をつくる高炉会社が十分に育っていなかったことから、スクラップとはいえ戦車に使われている鉄は貴重な資源だった。なにしろ、最も頑丈なフロントの鉄板は百五十ミリもある。一輛あたりにすればＭ４で三十トン、Ｍ47で四十トンもの鉄の塊だから、百輛だと四千トン近くにもなる。これほどの鉄がまとめて入手できる機会は、当時の日本にはそうそうなかった。そこで、大量のスクラップは商社を通じて製鉄会社に流れて復興用の建築鋼材に生まれ変わった。

折しも一九五七年、トーキョー・タワーの建設がはじまった。戦後の復興を象徴させる意味でも、世界一の鉄塔を、という主旨で企画されたらしい。戦車の鉄の一部は東京都庁の建設にも使用されたが、残りの千五百トンほどがトーキョー・タワーの建設にまわされた。わしもロッポンギに遊びに出かけたとき、建設途中の骨組みを見たことがあるが、戦車の鋼鉄は鉄塔の上部百メートルから上、細いアングルに使われたって話だ。

話を戻そう。戦車の解体は結局、半年ほどかかった。が、そのうちの五か月間、わしは一度も現場に行かなかった。現場通いをはじめて二週間ほど経ったころ、ニシワキから儲《もう》け話をもちかけられたからだ。

「ボブさん、あんた腕のいい工兵だったんだってな。どうだい、その腕を生かして日本のビルを爆破してみねえか」

トーキョー・タワーや都庁もその典型だったが、そのころ日本の各都市で復興再開発事業が盛んに進められていた。朝鮮戦争がもたらした神武《じんむ》景気の到来で、戦禍《せんか》で破壊された市街地に広い道路を通して、新しい建物をつぎつぎに建設していく戦後型の街づくりが急ピッチで進められていた。しかし、新しいビルを建てるためには、全国各地を襲った空襲で半壊した古い建物をスピーディに解体しなければならない。復興ブームで重機の数も不足しているため、解体待ちの建物が各地にあふれ返っている。

「そこで、この際、ドカンドカンとやっつけてくれねえかな。ギャラも弾むつもりでいるから、どんなもんだろう」

どこやらでイギリスのビル爆破の話をききつけて、日本でもやってみようと思いついたらしい。もちろん、わしは話に乗った。どうせあと一年もしたら本国に帰還することになる。それまでに思いきり稼いでおこうと思った。

「ただ、ひとつ問題があってなあ」

ニシワキが眉を寄せた。日本では爆破によるビル解体は法的に認められていない。爆破の際は、こっそりやってもらわないと困るという。

「そりゃ無理だなあ。爆破すれば爆破音が響くわけで、こっそりってわけには」

「いや、爆破したあとのことはどうでもいいんだ。お偉いさんにクスリを嗅《か》がせて、何かの事故で爆発したことにしちまうつもりだし。だが、爆破前にはだれにも知られたくない。周辺住民が騒ぎだそうものなら面倒なことになる」

要するに周辺住民対策として、爆破の準備をしていることは感づかれたくないから、こっそりやってくれ。そういうことだった。

「だったらノープロブレムだ。こっそり素早く爆薬を仕掛ける技なら、ゲリラ戦で鍛え上げてきた。まあまかせとけよ」

さっそく爆破の準備にとりかかった。戦車解体の監督仕事は、アラバマ出身の新兵に小遣いをやってまかせた。ダイナマイトは、補給部隊の軍曹に賄賂を握らせ、戦車解体に使用する名目で入手した。

あとは簡単なものだった。ニシワキに指示された街に出かけて、ニシワキに指示された日時に泥棒猫のようにビルに忍び込み、こっそり素早くダイナマイトを仕掛けてくる。その後は用心のため、ビルに入ることは一切ない。ニシワキにゴーサインをもらった日時に、ビルの近所に設置した発破器のもとに行って、起爆スイッチを押すだけ。

最終的な安全確認もしないで爆破するなど、いまでは考えられないことだが、当時は気にもかけなかったな。そのころの日本のビルは脆《もろ》いつくりのものが多くて、大雑把なセッティングでもぺちゃんこに潰れてくれたし、飛散物が周辺に被害を与えたとしても事故として隠密裏《おんみつり》に処理された。そのうえ戦場と違って敵兵に殺される心配もないんだから、こんな気楽な仕事はありゃしない。

指示されるままに、日本各地を爆破行脚《あんぎゃ》してまわった。トーキョーはもちろん、ヨコハマ、チバ、ウツノミヤ、ミト、コウフ、ウラワ、マエバシと、カントウ地方の主要都市は全部網羅した。ツチウラ、オオミヤ、コシガヤ、フナバシ、ハチオウジといった、ほかの小都市も数えきれないほどめぐり歩いた。

そりゃ儲かったもんだった。ひとつの町で二か所三か所とまとめて爆破することもめずらしくなかったから、やればやるほど金が入った。爆破しては遊んで、遊んでは爆破して、あのときに一生ぶんの遊びをやり尽くした気がする。

ニシワキも、かなり儲けたはずだ。一度、彼の家に招待されたことがあるが、新築したばかりの豪勢な家だった。当時の日本には安普請の家が多かったから、とりわけ立派に見えた。奥さんと息子も笑顔で出迎えてくれてな。遊び人だと思っていたニシワキに妻子がいると知ってびっくりしたものだった。

だが、わしは妻子をもって落ち着くつもりなど、さらさらなかった。とにかく爆破仕事と遊びで精いっぱい。

「ビル爆破は、戦後日本の成長産業だ！　おれが爆破王になって日本に君臨してやる！」

酔うたびに高笑いしたもんさ。

まったく間抜けで愚かなヤンキーだった。そのころのわしは、まだ自分が何をやらされているのか、何も気づいちゃいなかったんだからな。

そのことに気づかされたのは、タチカワの爆破現場に行かされたときだった。

タチカワの町にはオヤジサンとオカミサンの店があったが、爆破行脚をはじめてからは足が遠のいていた。仕事を終えたら、ひさしぶりに店に顔をだしてみるか。そんなことを考えながらニシワキに指示された現場に出向いて驚いた。オヤジサンとオカミサンの赤チョウチンが入っている古い三階建てのビルが爆破対象だったからだ。

オヤジサンの父親が遺《のこ》してくれたビルだった。戦前はそこで食品問屋を営んでいたが、戦後の混乱で事業が立ちゆかなくなり、一階に赤チョウチンを開店した。息子も戦死したことだし、あとは夫婦二人、三階を住居にして、死ぬまで商売を続けていくつもりでいるんだよ。そう言っていたのに、どうしたことだろう。

不審に思いながら閉じられた店に入るとオヤジサンとオカミサンがいた。いつもなら、住人が立ち退《の》いた無人のビルに忍び込んでセッティングする段どりなのだが、手違いでもあったのか。

「どうしたんだい？」

いつもの身ぶり手ぶりでオヤジサンに尋ねた。現場の住民と接触するのは禁じられていたが禁を犯した。おたがい自国語しか話せないだけに、詳しい事情はわからなかったが、どこでどう騙されたのか、オヤジサンたちが知らないうちに立ち退きが決まっていたらしい。もちろん抗議した。だが、どう頑張ったところで埒《らち》があかないものだから、最後の手段としてビルに立てこもっているという。

住民が立てこもっているじゃないか、どうなってるんだ、とニシワキに詰め寄った。するとニシワキは弁明した。手続きは正当に行われている。住人は誤解して居座っているだけだ。爆破日までには和解して間違いなく退去させるから、心配せずに仕事を進めてくれ。

迷いはしたものの、ニシワキの言葉に従うことにした。老齢のオヤジサンだけに勘違いがあったのかもしれないが、契約は契約だ。店がなくなるのは可哀想だが、この際、爆破で儲けている自分が新しい店をもたせてやろう。

そんなことも考えつつ翌日の夜、こっそり爆薬をセッティングした。そのときにはオヤジサンもオカミサンもいなかった。おそらく話がついたのだろう。そう判断して、翌早朝、予定どおりニシワキの合図のもと、発破器のスイッチを押した。

ビルは一発で倒壊した。

周辺住民との事後トラブルを避けるために、いつもは爆破したらすぐに現場を立ち去る。しかし今回はオヤジサンたちの思い出のビルだけに、再び禁を犯して倒壊現場を見届けにいった。

現場の騒ぎに愕然《がくぜん》とした。オヤジサンとオカミサンが崩落した瓦礫に圧《お》し潰《つぶ》されていた。

「大丈夫だ、円満に退去させたから」

爆破合図の直前、ニシワキは言った。その言葉を信じて爆破した。なのに、なぜオヤジサンたちはビルの中に残っていたのか。

「こっそり舞い戻ったんだろうな」

ニシワキは舌打ちしてみせた。

だが、やがてわしは真実を知った。近所の人の話では、ニシワキは、わしが爆薬をセッティングしていた晩、オヤジサンたちを話し合いに誘いだしていた。そして、おそらくは話し合いのあと、オヤジサンたちを直接三階の住居まで送っていった。つまりニシワキは翌朝、オヤジサンたちが三階にいると知りながら爆破の合図をだした。

ショックだった。だが、さらにショックだったことには、そのやりくちは、このときにかぎった話ではなかった。各地で爆破したうちの何件かの物件には、オヤジサンたちのように退去せずに居座っている住民がいた。そうとも知らず、わしは彼らもろともビルを吹き飛ばしていた。

亡くなった住民は事故死で片づけられた。お偉いさんに嗅がせたクスリは絶大な効果を発揮した。日本全国で、そんな無茶がまかり通っていた時代だった。

もはや戦後ではないどころか、日本は、いつまでも戦後の闇《やみ》の中にいた。その闇に利用されながら、わしは爆破に精をだして、ひとり遊び狂っていた。

「罪深い男だよ」

ボブじいは深い吐息をついた。

あたしは奥歯を噛みしめていた。何も言えなかった。何を言っても言葉が浮いてしまいそうだった。

あれから今日までの五日間。ボブじいの長い長い昔話は語られ続けた。家族風呂に浸かりながら、山間の遊歩道を散策しながら、コテージでビールを飲みながら、隣り合わせのベッドに横たわりながら、記憶の底を懸命に探りつつ、ボブじいは自分の過去を打ち明けてくれた。

あたしも一生懸命、耳をかたむけた。知らない英単語や間違った日本語もたくさんでてきたけれど、それでも、辞書を片手に最後まで耳をかたむけ続けた。

その後、ボブじいは三年半に及ぶ軍隊生活を終えて帰国した。が、ケーブルカーの技術者には復職しなかった。まっとうな仕事に就いて、まっとうな家庭を築いて、まっとうな生涯を送る。そんな日々は自分には許されないと思った。そして二十代半ばにしてキャンピングカーの旅にでた。いまにつながる爆破行脚の旅に。

爆破で背負った罪は爆破で償おう。過去を圧し潰すための爆破ではなく、未来を創るための爆破をやっていこう。それが、自分が許される唯一の道だとボブじいは考えた。

「いまでも、オヤジサンとオカミサンの顔が思い出されてな。イラシャイマセ、イラシャイマセ、とお客さんを迎えて微笑んでいる。で、店を閉めて三人だけになると真剣な顔で諭してくれる。息子は戦死したけど、ボブはサケとケンカで死ぬ気かい？　どっちの死に方も馬鹿な死に方だよって」

背中、流してやりたかったなあ、とボブじいは目をしばたたかせた。

いまもボブじいの心には、オヤジサンとオカミサンの死が癒《いや》しがたい記憶として宿り続けている。時間にしてみれば、ほんの短い付き合いだったんだが、忘れられないんだなあ。ボブじいはそう言い足すと静かに瞼を閉じた。

コテージの休暇を終える朝。森の中の家族風呂に、名残《なごり》を惜しむように二人で浸かった。

晴れ渡った秋空を仰ぎながら、ゆっくりと温もっていると、

「マユミ、もう一度背中を流してくれるかな」

ボブじいにせがまれた。もちろん、喜んでハンドタオルを手にした。大きな背中を隅々まで磨き上げた。ボブじいは気持ちよさそうに鼻歌を歌っていた。何の歌かは知らない。でも、知らないなりに郷愁を覚える歌だった。

あたしがボブじいのファミリーになってあげよう。

ふと思った。

わしはファミリーなんかもってはいけない男でな。この前、そう言っていたボブじいだけれど、だったら押しかけファミリーでもいい。いつの日かボブじいが逝く日まで、あたしが勝手についていてあげよう。洗い終えた背中にお湯をかけながらそう心に決めた。

午前十時。コテージをチェックアウトした。

風呂上がりの濡《ぬ》れた髪のまま荷物を運び、ひさしぶりにキャンピングカーに乗り込んだ。ここが我が家だと思った。あたしとボブじいが生涯暮らしていく家族の家。

「運転させて」

自分からハンドルを握った。今日から、二人きりのファミリーを支える女として運転したかった。二十歳のとき、小金持ちのおやじに免許をとらせてもらって以来、ずっとペーパードライバーだったけれど、その気になればなんとかなる。

「じゃあ、ロングビーチまで行ってくれるかな」

ボブじいは咎《とが》めなかった。むしろうれしそうだった。

「ニューポートビーチじゃなかったの？」

「用事があるんだ。速度違反だけはしないようにな」

ハイウェイの制限速度は六十五マイル。無免許、速度違反、そのうえ不法滞在だと罪は重い。気をつけてくれよ。そう言い添えると、ボブじいはリビングコーナーで電話をかけはじめた。

慎重に発進させた。操作はオートマチックで簡単だったけれど、大きな車体がわさりと動きだしたときには、さすがに緊張した。でも、走りだしてみると思ったより軽快な走りで進んでいく。

二時間ほどでロングビーチに到着した。緊張していたわりには、けっこう飛ばしたものだから、予想以上に早く着いた。ロングビーチというからにはビーチがあるのかと思ったら、そこは砂浜ひとつない港町だった。

ボブじいのナビゲートで、港を望むレストランに乗りつけた。海老《えび》や蟹《かに》が描かれた大きな看板が掲げられている。まもなくランチタイムになる。お昼を食べるために、わざわざロングビーチまで足を延ばしたのだろうか。

ドアを開けると、ボブじいは店内を見渡した。だれかを捜しているようだ。窓際のボックス席で手が挙がった。

「おお、あそこだ」

ボブじいも手を挙げ、あたしを促した。でも、あたしは動かなかった。手を挙げた男がだれか気づいたからだ。

雅也だった。以前より多少、やつれて見えたけれど、それは間違いなくあたしから逃げた夫の雅也で、神妙な顔でボックス席に座っている。

あたしは黙ってきびすを返した。腹が立った。こんな騙し討ちってないと思う。が、腕をつかまれた。ボブじいの右手があたしの二の腕をしっかりつかんで離さない。振り払おうとした。けど無駄だった。そのまま二の腕を引っ張られて無理やりボックス席まで連れていかれた。

「やあ」

照れ臭そうに雅也が挨拶してきた。もちろん無視した。どの面《つら》さげて、とますます腹が立った。

荒い息をついていると肩を押されて強引に雅也の向かいに座らされた。ボブじいは勝手にビールを頼んだ。ついでにダイナマイトも注文した。以前、回転寿司の店にあった西海岸の名物料理が、この店のメニューにも載っていた。

すぐに運ばれてきたビールジョッキを掲げ、ボブじいが乾杯のポーズをとった。あたしは無視した。雅也だけが乾杯に応じた。

「頼みがある」

喉《のど》を湿らせたところでボブじいが、あたしを見た。

「ニューポートビーチで三階建てのモーテルを爆破しなきゃならん。爆破日は一週間後。だが困ったことに、わしは旧友に会いにいかなきゃならん急用ができた。つまり」

「やめて」

話の腰を折った。いつ雅也と連絡を取り合ったのか知らないけれど、見え透いた演出で仲直りさせようなんて虫がよすぎる。あたしにとって雅也はもう存在しない人間だし、まして二人で三階建てビルを爆破するなんて、できるわけがないし、やりたくもない。

ところが、ボブじいは食い下がる。

「ほんとうに都合がつかないんだ。二人で爆破してくれないと、掛け値なしで困ったことになる。爆破ツアーが続けられなくなっちまうんだ」

トゥーソンの仕事で背負った赤字が、思いのほか重くのしかかっている。一度でも仕事をキャンセルすると、つぎに使うダイナマイトの仕入れすらできなくなる。

「けど、あの赤字は埋め合わせられたから、コテージで休暇がとれたんじゃなかったの?」

「そうでも言わないことには、リラックスした休暇にならんだろう。いつ切りだすか迷っていたんだが、そんなときダニーから、マサヤと一緒だと連絡があった」

どこまでが仲直りの演出で、どこまでがほんとうの話かわからなかった。けれど、そうまで言われてしまうと、無下《むげ》に断わるわけにもいかなくなる。

すると雅也が頭を下げた。

「悪かった。今回のことは心から謝るから、もう一度、やり直してくれないか。あらためて二人で、ビル爆破の道を究めたいと思ってるんだ」

なんて勝手な男だ。いまさら道を究めたいもないもんだ。あたしは雅也から目を逸《そ》らしてボブじいを問い詰めた。

「なぜなの？　なぜここまでするの？」

雅也の手抜きと逃亡のせいで、ボブじいは大変な目に遭った。ぎりぎりの準備作業に追われ、依頼主の前で半壊の恥をさらし、やっと再爆破に成功したものの結局は赤字を背負ってしまった。これほどの被害に遭いながら、なぜ雅也をうけいれようとするのか。

「なぜだろうなあ」

ボブじいは顎髭《あごひげ》を撫でた。そして、再びビールを喉に流し込んでから、ぽつりと言った。

「ファミリーだから、かな」

そう言われて、真鍋が置いていった書類のことを思い出した。あの場で破り捨てようとも思ったけれど、あとで厄介なことになっても困る気がしてリュックに入れてある。何の書類なのか開いてもみなかったけれど、わざわざアメリカまでやってきたからには、重要な書類なのだろう。あの書類に何か意味があるのか。雅也があらわれたのは、あの書類とも関係しているのか。

よくわからなくなった。

いろんなことが頭の中を渦巻いて、どうしていいかわからなくなった。

この仕事に失敗したら、ぼくの面目は完全に失われる。ニューポートビーチの街に入ったとたん、極度のプレッシャーに襲われた。

ボブじいのとりなしで、麻由美と一緒にモーテルを爆破することになった。といっても、麻由美は許してくれたわけではない。これからもボブじいに爆破ツアーを続けさせてあげたいから、という理由で、しぶしぶ承諾してくれた。

「ただし、リーダーはあたしよ」

それが条件だった。ぼくがいないあいだも、麻由美は爆破仕事に奮闘していた。短期間ではあったものの、ボブじいと二人、濃密な体験を積んだことで彼女としてはかなり自信をつけたらしい。またボブじいも、マユミがリーダーなら安心だ、と太鼓判《たいこばん》を押した。

それでも、ぼくは不安でならなかった。なにしろモーテル「パシフィコ」は一筋縄で崩落させられるシロモノではない。実際に爆破するまでわからない不確定要素が多すぎるのだ。

「これだから一発勝負の爆破仕事って怖いんだよね」

ダニーも、いささか懸念していたものだった。

そう、今回の爆破にはダニーも絡んでいる。

ウエストウッドで再会を果たしたその日から、ぼくはダニーのアパートに居候《いそうろう》しはじめた。UCLAに程近い学生アパートに、ダニーはぼくの寝床をつくってくれて、食事の面倒もみてくれた。数日後にはボブじいにコンタクトをとり、ぼくの状況を伝えると同時に、復縁のきっかけにと夫婦で爆破に挑戦するアイディアも提案してくれた。

提案されたボブじいの懐も深かった。憎まれ口ひとつ叩くことなく、まだまだ駆けだしの夫婦のためにモーテル爆破の仕事を見つけてくれた。

「マユミには誠心誠意、謝るんだぞ」

しばらくぶりに電話で話したボブじいから言い渡されたことは、それだけだった。

モーテル爆破の話がまとまった翌日、ダニーと二人でモーテルを下見した。麻由美には内緒にしていたが、じつはニューポートビーチの現場には、すでにきたことがあるのだった。

モーテル「パシフィコ」は、もともとは穀物倉庫だった。レンガ造りのがらんとした建物を、三階建てのモーテルに改装したユニークな物件。ただ、そのユニークさが問題で、三階建てに改装する際、鉄骨の柱や梁《はり》を組み入れたり、床や天井に補強材を追加したり、レンガ壁を破って新たな窓を設けたりしている。おまけに外壁全体がびっしりと蔦《つた》で覆われているものだから、いざ爆破したときにどんな力学が働くか予測がつけにくい。

「なんでボブじいは、こんな難しい物件を選んだんだろう」

下見しながら、ついぼやいていると、ダニーが言った。

「試練を与えたほうが成長は早い。それがボブじいの考えなのさ」

「それにしてもレベルが高すぎると思う」

「まあたしかに、ボブだったら壁を叩いて床を踏み鳴らして、遠くから建物を眺めただけで直感が閃《ひらめ》くんだろうけど、ぼくたちはそうはいかない」

「どうしよう」

「ぼくたちはぼくたちの方法でやるしかない。そういうことだね」

結局は、科学機器に頼ることにして、ダニーの大学の研究室からX線透視装置や超音波探査器を借りだして建物を調査した。そのデータをもとにパソコンで図面を引き、ダイナマイトの総量、装塡《そうてん》場所、穿孔径、穿孔長、穿孔角度、穿孔間隔などの仕様を割りだした。

「あとはマユミの直感しだいだな」

最後にダニーは言った。麻由美が現場で何を感じるか、それが決め手になるという。

「あいつの直感なんてあてになるかなあ」

「なる。彼女は、ボブじいと同じ天性の閃きをもっている。ぼくたちがどんなに計算してもわからない何かに、きっと気づいてくれる」

ダニーは断言した。麻由美と再会する前夜のことだった。

パームツリーの街路樹が見えてきた。

キャンピングカーはニューポートビーチの中心街に向かっていた。この先の角を左折したところに現場がある。そう考えただけで鼓動が速くなった。平然とハンドルを握っていられる麻由美が不思議でならなかった。

海沿いに見つけた駐車場にキャンピングカーを停《と》めた。目の前には白砂の浜がひろがっている。ニューポートビーチという名前から、最初は有名なジャズフェスティバルが開かれるところだと思っていた。ところが、ジャズフェスティバルが開催されるのはカナダのニューポートで、ここはロサンゼルスの住民がくつろぐ高級リゾート地として知られた場所らしい。

ボブじいとは、ここで別れることになった。レンタカーを駆って旧友の家を訪ねるという。

「いよいよ困ったときは電話してこい」

ボブじいが旧友宅の電話番号をメモしてくれた。

「あたし、電話しないと思う」

メモを受け取った麻由美は、にっこり笑いながら破り捨てた。自信があるのか、自分を追い詰めているのかわからないが、たいした度胸だと思った。それはボブじいも同様の思いだったらしく、うれしそうに笑みを浮かべると、

「レンガに注意しろよ」

それだけ言い残してキャンピングカーを後にした。

その日はボブじいのいないキャンピングカーで一夜を過ごした。翌日は朝一番から仕事にかかる予定でいたが、その前に郵便局を探した。

エアメールを発送しておきたかった。

ゆうべ麻由美から一通の書類を渡された。日本から執拗《しつよう》に追いかけてきた真鍋に託されたという。開いてみると委任状だった。何を委任するのかよくわからないが、ここに署名捺印《なついん》しろと鉛筆でマルがつけられている。

「どういうこと?」

麻由美にきかれた。

「さあ」

ぼくは答えた。

これに署名捺印すれば、土地や建物や借金のごたごたが片づくのだろうか。だとしたら、その旨を一筆書いて送ってくれればよかったものを、わざわざアリゾナくんだりまで足を延ばしてまで説明したい何かがあったのだろうか。あるいは、直接脅さなければ署名捺印しないと思ったのか。

どっちにしろ気分のいいものではなかった。破り捨てることも考えた。が、またやつに押しかけてこられても面倒なことになる。その後、ボブじいが、キャンピングカーの所在は内密に、と各地の連絡事務所に要請してくれた。それでも絶対に押しかけてこないとは言い切れない。

逡巡《しゅんじゅん》の末に、やはり委任してしまうことにした。どうせ日本には帰らない。いや帰れない。太平洋の彼方《かなた》の土地やら何やらがどうなったところで知ったことじゃない。もはや故郷には何の未練もないし、書類一通で面倒が封印できるものなら楽なものだ。いまは爆破仕事に集中していたい。いつまでも過去のごたごたに振り回されたくない。

五分ほど歩いた街路沿いに郵便局があった。窓口で切手を買い、ポストに投函した。これで厄介払いができた。とたんに肩の荷が軽くなった。良い意味でも悪い意味でも、日本に思い残すことは何もなくなった。


建物にも人柄がある。建柄とでもいうのだろうか。あたしの勝手な考えだけれど、でも、そう思う。

建物を見た瞬間、まず建柄が良いか、建柄が悪いか。あたしはそれを見極めようとする。そんなもの、どこでわかるんだ、と雅也は笑うけれど、あたしにはわかる。

建柄が良い建物は、まるい。円形だとか角がとれているとかいう意味じゃない。たとえ角張った鋼鉄製のビルだったとしても、見た目全体のイメージが、まあるく収まっている。一面ガラス張りのビルだったとしても、やわらかいまるみを帯びた光を放っている。

そんな感じだ。

一方、建柄が悪い建物は、ざらついている。これも、壁が紙ヤスリのようだとか屋根が毛羽立っているとか、そういう意味じゃない。じっと見つめていると視界に不快なざらつきが広がってくる。そんな排他的な妖気《ようき》が漂っている。お化け屋敷、という意味ではけっしてなくて。

こうした話をすると雅也は複雑な顔をする。

「何言ってるかさっぱりわかんないよ」

でも、わかる人にはわかる。その証拠に、ボブじいには、すぐ理解してもらえた。ただ、ボブじいの場合は、建柄が良いものを女ビル、建柄が悪いものを男ビルと呼んでいたけれど。

モーテル「パシフィコ」をこのたとえでいうと、相当に建柄が悪い男ビル、ということになる。倉庫を改装した建物だから素性が悪いとか、蔦に覆われているから壊れにくいとか、レンガ造りだから男っぽく頑強だとか、そういう意味じゃない。第一印象からして思いきりざらついていて排他的。見れば見るほど不快な妖気が網膜の奥を刺激してくる。

レンガに要注意だと思った。あのレンガには負のパワーが秘められている。改装時に追加された床とか、建物を覆った蔦とかは、雅也が言うほど心配はない。逆に、倒壊しやすく飛散物を抑える効果があるはずで、それよりはレンガだ。奇《く》しくもボブじいも、レンガに注意しろと言い残していった。やはり彼も、あたしと同じことを感じていたのだ。

建柄が悪い男ビルは建材の目利きがポイントになる。じつはトゥーソンの建物も典型的な建柄が悪い男ビルだったことから、それを見抜いたボブじいは、いち早くレンガを目利きした。建柄が良い女ビルでも目利きは行うけれど、それにもまして念入りな目利きが欠かせない。

「レンガの目利きで大切なのは、各ポイントのレンガをひとつずつ、見て、触れて、舐《な》めて、叩いて、聴くことだ」

あのときボブじいはそう教えてくれた。五感を動員したていねいな目利きによって、レンガの粘度や硬度、焼かれた年代や焼き具合を体感して、さらには、レンガ以外の建材から加えられている不自然な重みや歪《ゆが》んだ圧力も感じとっていく。

なぜ感じとれるのか。それは理屈では説明できない。目利きする建材がコンクリートや鉄骨であってもそれは同様で、五感を頼りに評価を下したら、あとは勘と経験を加味して爆薬セッティングの仕様に生かしていく。

ところがトゥーソンの爆破のときは、ボブじいが目利きした結果、穿孔の傾斜角度を五十五度と決めたにもかかわらず、その旨が雅也に徹底していなかった。おかげで雅也は教科書どおりの理屈を根拠に独断で七十度に変更してしまい、失敗に至った。あの失敗はまさに、直感したイメージを、目利きによってセッティングに反映させることの大切さを証明したともいえる。

もちろん、まだまだあたしにはボブじいほどの眼力はない。それでも今回、何度も何度も見て触れて舐めて叩いて聴いたところ、左壁面のレンガと一階正面のレンガに奇妙な圧力が加わっていることに気づいた。

「この二か所は装薬量を十パーセント減らすべきね」

さっそく雅也に告げると、

「そうかなあ、理論的には減らす必要はないと思うけど」

雅也は不満げだった。自分の計算で間違いないと言い張る。

でも、あたしは譲らなかった。全体的には雅也の計算で間違いない。それは認めるけれど、二か所にかぎっては、もし計算どおりの装薬量で爆破したら建物は南南西に倒壊してしまう。

「根拠は？」

「そう感じたから」

「感じたって言われても」

「感じたことも大切な根拠よ」

「だけど」

「リーダーはあたしでしょ?」

「それはそうだけど」

「従えないなら、おりて」

「すぐに怒るなよ」

「じゃあ二か所の装薬量は十パーセント減」

「いやそれは」

堂々めぐりは長時間に及んだ。二人でレンガ壁の前に座り込んで徹底的にやり合った。

それでも理論武装した雅也は納得しない。あれこれ難しい話をもちだしては論破しようとする。けど、あたしとしても簡単には引けなかった。爆破が失敗したらボブじいと爆破ツアーが続けられなくなるのだから。

最終的には雅也が根負けした。男の理屈が女の感覚、いや女の感情に寄り切られたかたちだった。けれど不思議と、嫌な寄り切り方でも、嫌な寄り切られ方でもなかった。

「わかった、リーダーに従うよ」

「ありがとう」

思いがけなく素直に礼を口にしていた。

これほど真剣に夫婦で議論したのは初めてだった。そして、雅也がここまであたしを信じてくれたのも初めてだった。対等な立場でとことん話し合い、納得ずくで一発勝負をあたしの感覚に賭《か》けてくれた。それがうれしかった。あたしたち夫婦に新しい関係が生まれそうな気配さえ感じた。

またたくまの一週間が過ぎた。あたしたちは最後まで粘りに粘ってセッティングに励んだ。ケリー夫妻になろう。いつのまにか、これが二人の合言葉になっていた。今回の爆破経験が、世界一のビル爆破夫婦に近づく第一歩だと思った。

爆破当日がやってきた。年間晴天率が高い西海岸らしく、この日も朝から気持ちのよい青空が広がった。気温は相変わらず三十度近くあるけれど、湿度が低いためにカラッとしている。これで海風さえ吹いていなければ絶好の爆破日和だった。爆破時刻の午後二時までに静まってくれるよう祈った。

午前中は、雅也が建物内部のセッティングのチェック。あたしは建物周辺の安全確認に駆けまわった。

幸い今回は、四方にビルが迫っていることもなければ、六メートル横にガラス張りの銀行が建っていることもない。建物の周囲には緑の芝生と駐車場があるだけで、最悪、破片が飛び散ったとしても深刻な被害がでることはない。ひょっとしたらボブじいは、こうした周辺環境を考慮してくれたのかもしれない。

現場周辺にはポリスも配備されている。事前にボブじいが手配してくれていたのだけれど、指揮官と打ち合わせしたときには冷や汗をかいた。ヘルメットを被り、いっぱしの爆破屋を装ってはいるものの、そのじつあたしは不法滞在者なのだ。これまではボブじいが矢面に立ってくれていたから、こんな危険を感じたことはなかった。でも、今後はますますこうした事態に直面する機会がふえることだろう。

正午過ぎにボブじいが帰ってきた。爆破時刻に帰ってくると言っていたのに、やはり心配になったのだろう。現場にくるなり、あたしたちの動きをじっと見守っている。が、もちろん手出しはしない。ひとりの見物人として、静かに爆破時刻が訪れるのを待っている。

あたしたちは結局、ぎりぎりまで最終チェックに追われた。一度確認した場所も、ふと不安になってまた確認し直す。そんなことを何度か繰り返した。

爆破時刻直前、朝から吹いていた海風がぴたりとやんだ。幸運の前兆だった。

「よし、いこう」

ヘルメット姿の雅也が声をかけてきた。

発破器の前に夫婦で陣どった。午後一時五十九分。爆破一分前のサイレンを鳴らした。

三十秒前。雅也を見た。二十秒前。雅也がうなずいた。

十秒前。九。八。七。六。五。四。三。二。一。午後二時ジャスト。

「ファイアー！」

夫婦で起爆スイッチを入れた。

ずしっとくぐもった爆発音とともに地響きが伝わった。一階のレンガ壁が砂煙を吐き、壁面を覆った蔦を弾き飛ばす。つぎの瞬間、三階建てのモーテル全体がスロー画像のように揺らぎ、大地めがけて沈みはじめた。

空気が振動している。すえた土の匂いが立ちこめている。いにしえの職人が積み上げたレンガの構造体が、爆風に砕かれて崩落していく。何度体験してもすさまじい光景だった。体の中心を太い柱で貫かれたような衝撃に全身が震えた。

モーテルが跡形もなく崩れ落ちると同時に、現場は一瞬、沈黙に包まれた。

成功した。間違いなく成功した。

あたしは胸の中で叫んだ。そのとたん、

「グッジョーブ！」

ボブじいが声を上げた。

それをきっかけに、野次馬の中から歓声が沸き上がった。拍手喝采《かっさい》、指笛も鳴らされ、ポリスは制帽を投げ上げている。

そこにダニーが飛びだしてきた。いつのまにかきていたらしい。ダニーが駆け寄ってくる。ボブじいも後を追ってくる。あたしたち夫婦に体当たりで抱きついてきた。男三人、背中を叩き合っている。叩き合いながら奇声を上げて、はしゃぎまわっている。男たちに揉《も》みくちゃにされながら、あたしは陶然としていた。ひさしぶりに味わう恍惚《こうこつ》感に、身動きできないでいた。

麻由美を抱いたのは何か月ぶりのことだろう。そう考えてもすぐには思い出せないほどしばらくぶりの交歓だった。

ボブじいとダニーは爆破現場の撤収が終わるなり街に繰りだしていった。おそらくは二人とも気をきかせてくれたのだろう。麻由美とキャンピングカーに戻ると、テーブルにはシャンパンが置かれていた。思いがけないプレゼントだった。夫婦で祝杯を挙げた。そして、美酒の味わいと成功の喜びに酔いしれているうちに甘いムードで盛り上がった。

「初めてだね、アメリカにきて」

腕の中の麻由美が呟いた。爆破にも自信がついたし、そろそろ子ども、ほしいね。そうも言った。ちょっと後ろめたかった。つい先日、ロサンゼルスでブロンドのおねえちゃんと遊んだばかりのぼくは、黙って裸の麻由美を抱き寄せた。

たしかに子どもをつくることを考える時期なのかもしれない。雨降って地を固める意味でも、絶好のタイミングという気がしないではない。

ただ、いまの状態で子どもが生まれると、生まれた子どもはどんな立場になるのだろう。アメリカに不法滞在している日本人夫婦の子は、日本人になるのかアメリカ人になるのか、それとも存在しない人間になってしまうのか。役所に行ってきいてみるわけにもいかないし、そう考えると、あらためて自分たちの矛盾した状況を思い知らされる。

といって日本に帰ったところで住まいも仕事も家族もいない。ぼくの拠《よ》り所は何もない。それは、家を飛びだしてきた麻由美にしても同じことだ。いまのぼくたちは、アメリカで生きていく以外に道がない。その意味からも、ビザの問題さえクリアできたらアメリカに骨を埋《うず》めてもいいと思いはじめている。

「ビザ、ほしいなあ」

つい口にだしてしまった。ビザさえ取得できれば、仕事の面でも子づくりを含めた家族の面でも、ほんとうの意味で未来がひらけるのだが、それがままならない現状が恨めしいかった。

ところが麻由美は楽観的だった。

「大丈夫、ボブじいと一緒なら何とかなるよ。あたしたちはファミリーなんだから」

すっかりボブじいの娘になったつもりで安心している。

たしかにボブじいは素晴らしい男だ。見ず知らずの不法滞在者に、ここまでしてくれる人間などそうはいない。ぼくがボブじいの立場だったら同じことができるだろうか。ダニーにしてもそうだ。今回、あれだけ世話をしてくれたにもかかわらず、爆破のあとで礼を言ったら、

「気にすることないよ、ブラザー」

と笑っただけだった。いい男たちにめぐり会えたものだと思う。彼らがいなかったら、ぼくたち夫婦はとっくに野垂れ死にしていたに違いない。

でも、だからといって、いつまでもボブじいやダニーの好意に甘えていていいのだろうか。いますぐ自立は無理としても、いずれは、ぼくたち夫婦だけで生きていくべきではないのか。

「やっぱりビザ、ほしいなあ」

ぼくは繰り返した。が、麻由美から返事はなかった。いつのまにか寝息を立てていた。

ボブじいたちがいつ帰ってくるともしれないのに裸のまま眠っている。

そっと麻由美の胸に触れた。大きな胸ではないけれど、あたたかくて滑らかだった。軽く撫でてみると、ぴくりと体が反応した。

翌朝、朝帰りしたボブじいとダニーを乗せて、キャンピングカーはニューポートビーチを出発した。ゆうべはどこで遊んでいたのか、二人とも帰るなりベッドにもぐり込んで鼾《いびき》の競演をはじめた。

とりあえずロサンゼルスを目指した。ダニーをウエストウッドのアパートに送り届けてから、つぎの爆破現場、モンタナ州へレナへいく段どりだ。

運転席には、ひさしぶりにぼくが座った。こうしてまたハンドルを握れることがうれしかった。

麻由美のナビゲートで五キロほど走ったところでフリーウェイに入った。アメリカの道にも、すっかり慣れた。最初のころは交差点で左折したとき、うっかり左車線に突っ込みかけて慌てたこともあったが、いまではそんな失敗もなく、フリーウェイを飛ばしていても余裕の鼻歌がでる。

そのとき、サイレンが響いた。

サイドミラーを見ると、ルーフの回転ライトを点滅させたハイウェイパトロールが映っていた。慌ててブレーキを踏んだものの遅かった。スピードメーターの針は直前まで時速七十マイルを指していた。制限速度六十五マイルより五マイルオーバー。

命じられるままに路肩に停車した。パトロールカーからレイバンをかけたポリスが降り立った。ゆっくりした足どりで、こっちに向かってくる。

無免許、速度違反、そのうえ不法滞在の日本人は、ハンドルを握り締めたまま固まっていた。

5

大きな家はアメリカで慣れっこになっていたはずなのに、それにしても大きな家だった。あたしの実家は建売り住宅だったけれど、その十倍はあるんじゃないだろうか。日本にも、こんな家があるんだね、と雅也と二人、お城みたいに立派な門の前で立ちすくんでしまった。

遅い午後の陽射しに目を細めて門柱の上を見ると監視カメラが設置されていた。塀の上には泥棒よけの裸電線も張りめぐらされている。

「やっぱ何かの間違いじゃないか？　警備員が飛んでくるんじゃないか？」

雅也がインターホンを押すのをためらっている。携帯電話に電話したときは、たしかにここの地番を告げられたというのだけれど、あたしとしてもおかしいと思う。

すると、インターホンのスピーカーから呼びかけられた。

「おう、早く入ってこいよ」

タカシの声だった。間違いない。やはりタカシは、このお屋敷に住んでいるらしい。

門扉の施錠が遠隔操作で解かれた。恐る恐る門の中に入ると、サンダル履きのタカシが出迎えてくれた。洗いざらしたトレーナーとジーンズ。相変わらずの金髪。薄汚れた格好は、一緒に飲んだりカラオケ屋で遊んだりしていた当時とまったく変わらない。落ち着いた和風邸宅の佇《たたず》まいと比べると、どうしようもない違和感を覚える。

居間に通された。違和感は不審感に変わった。

居間には家具がなかった。フローリング仕立ての広々とした空間には、小さなテレビとテーブル代わりなのかラーメンのどんぶりをのせた新聞紙が敷かれているだけで、ほかにはソファもなければサイドボードもない。敷物もなければカーテンも吊られていない。

考えてみれば玄関にも何もなかった。靴を脱いだときは、そういう趣味なのかと思ったのだけれど、そういうことじゃないらしい。

「どうなってるんだ?」

雅也がきいた。がらんとした部屋に声が反響する。

「事情があってな」

タカシは、にやにやしながら煙草に火をつけた。

「留守番でも頼まれたのか?」

「まあいいじゃねえか。どっちにしろ住むとこねえんだろ？　部屋なら腐るほどあるから、おまえらの好きな部屋を選べよ」

そう言うと、アウトドア用のクーラーボックスから缶ビールをとりだした。電気は使えるけれど冷蔵庫がない。水道は使えるけれど洗濯機がない。ガスレンジと給湯設備はあるけれどガスが使えない。そんな状況らしい。

「じゃあ、どうやって暮らしてるんだ？」

「出前の店屋物《てんやもの》食って、電気ポットで沸かしたお湯で体洗って、あとはまあ、酒飲んでテレビ見て寝袋にもぐり込んで眠る。そんだけだ。けど、おまえらがきたから、すこしは楽しくなるかもな」

タカシは笑った。

床に敷かれた新聞紙をテーブル代わりに囲んで缶ビールで乾杯した。ひさしぶりの日本だというのに妙なことになってしまった。どうなってしまうんだろう。困惑していると、話題に詰まった雅也がまた尋ねた。

「コンビニのバイトはどうしたんだ？」

「閉店につきクビだ。おまえらがいねえうちに、えらく状況が変わっちまってな。見てきたろ？　ここにくるとき」

「ああ、びっくりした。完全にゴーストタウンになってるじゃないか」

辛島駅前商店街のことだった。さっき通りすがりに見てきたのだけれど、あたしも驚いた。狭い通りに並んでいる八十店舗ほどのうち、営業していたのは鴨志田文房具店、ただ一店舗だけ。タカシが働いていたコンビニはもちろん、ほかの店はすべてシャッターを下ろしていた。

アメリカを国外追放になるまで三週間ほど勾留《こうりゅう》されていたから、都合半年以上、日本を離れていたことになる。それだけ留守にしていれば、もともと下降線を辿《たど》っていた商店街だけに、環境が激変しても当然かもしれない。でも、それにしても、半年前まで六割の店が営業していたというのに、あまりの凋落《ちょうらく》ぶりだった。

おかげで人通りもない。午後のショッピングタイムだったというのに、擦れ違ったのはおばあさんひとりだけだった。こりゃ夜は山賊《さんぞく》がでるな。雅也が寂しそうに笑ったものだ。

ちなみに最後に残った鴨志田文房具店は、言うまでもなくかつてのお隣さんだ。いまだにビニールシートに覆われたままの小野寺金物店に寄り添うように、ひっそりと店を開いていた。

通夜の手配とかいろいろお世話になったんだから、挨拶していこう、とあたしは言った。けれど雅也は、いまさら顔向けできないよ、と俯《うつむ》いたまま足早に通り過ぎた。小野寺金物店ビルにも視線を向けようとしなかった。一度は日本を捨てると決意した。どうにでもなれと委任状も返送した。雅也としては、すべて終わったこと、という思いなのだろう。

「だけど何があったの？」

こんどはあたしが尋ねた。どう考えても辛島駅前商店街全体に何か起きたとしか思えない。

「おれが教えてほしいくらいだぜ」

タカシは金髪頭をかりかり掻《か》いた。

半年ほど前から閉店する店舗がふえはじめた。そして一か月前、いきなり何十軒もの店がシャッターを閉じた。タカシがバイトしていたコンビニが店を閉めたのもそのときだ。理由は教えてもらえなかった。タカシもあたしたち夫婦同様、商店会の人間との付き合いが薄い。それも災いしてか、何もわからないままぽんと解雇されてしまった。

仕事を失ったタカシは途方に暮れた。いまどき、三十過ぎの金髪のフリーターを雇ってくれるところなどそうはない。つぎの仕事が見つからずにぶらぶらしているうちに、ひょんなことからある人物の紹介で、こういうことになった。

タカシはそう説明すると缶ビールを飲み干し、空いた缶に火のついた煙草を放り込んだ。

「けど、おまえらこそどうしたんだよ。せっかくアメリカに本を送ってやったのに、爆弾の研究、やめちまったのか?」

「爆弾じゃない、ビル爆破だ」

こんどは雅也が説明する。一匹狼の爆破屋と知り合い、キャンピングカーで旅しながらビルを爆破して歩いていた。ゆくゆくは夫婦二人、ビル爆破でアメリカンドリームをつかもうと思っていたのだけれど、夢なかばにしてアメリカを追われた。

「だったら日本でやればいいじゃねえか。いまどきは手に職があるやつの天下だしよ」

タカシが言った。

「それも考えないじゃなかったけど」

雅也は言葉を濁して缶ビールを口にした。

帰国のフライト中も、それについてはさんざん夫婦で話し合った。けれど実際の話、タカシが言うほど簡単なことじゃない。

何より日本は規制が厳しい。各種の資格をとらなくては爆薬を入手することすらままならない。そのうえ、爆破によるビル解体には、なかなか許可が下りない。これまで何度か実験的に実施されたことはあるけれど、一般の解体現場での実用には至っていない。

　実用化されていない理由としては、日本の街は密集しているから危険が伴う、地震大国だけに耐震構造のビルが多く爆破解体に適さない、などいろいろ挙げられている。でも、それはどうかと思う。ケリー夫妻は数十センチ脇の発電所に影響を及ぼさずに爆破解体してみせた。密集現場こそ威力を発揮するのが現代のビル爆破技術なのだ。耐震構造の話にしても、阪神大震災では耐震構造だったはずのビルや高速道路があっけなく倒壊した。爆破で解体できないわけがないと思う。

　大方、だれかの利権が絡んでるんだろうな。雅也はそう推測していたけれど、どっちにしても、いまの日本で爆破屋をやることはむずかしい。雅也は知らないことだけれど、ボブじいが日本でやっていたころとは時代も環境もまったく違う。

「それにしても、もったいねえよなあ。せっかく変わった特技を身につけたってのに活用しねえ手はねえだろ」

「それはそうだけど」

　雅也とあたしは顔を見合わせた。タカシに言われなくても、あたしたちだって、できるものならそうしたい。それができないから困っているのだ。

　するとタカシが身を乗りだした。

「おれにマネージメント、まかせてみねえか？　あてがねえわけでもねえんだ。特技を生かす方法、探してやるよ」

「けど」

「やるだけやってみようぜ。ダメモトってやつだ」

タカシは携帯電話をとりだした。どこやらに電話してアポイントメントをとりつけている。

「出かけてくる」

携帯を切るなりタカシは立ち上がった。

「ちょ、ちょっと」

「まあまかせとけよ。もしだれか訪ねてきたら居留守を使ってくれればいいからよ」

そう言い置くと、やけに張り切って屋敷を飛びだしていった。

雅也が大きなため息をついた。あたしは二本目の缶ビールを開けた。飲まずにいられなかった。雅也も後を追うように二本目にとりかかった。新聞紙のテーブルに向かい合い、夫婦で黙ってビールを飲み続けた。

昼間に飲むアルコールは何でこんなにきくのだろう。やがてほろ酔い気分になったあたしは、フローリングの床に横になった。火照《ほて》った頬を床に押しつけると、冷たくて気持ちよかった。雅也はテレビをつけている。粗大ゴミ置場で拾ってきたようなテレビだったけれど、それでもちゃんと映った。

ワイドショー番組をやっていた。かわり映えしない日本の芸能ゴシップが、つぎつぎに紹介されていく。見るともなしにぼんやり眺めていると、インターホンのチャイムが鳴った。だれかきたらしい。もちろん居留守を決め込むつもりだけれど、念のため、よいしょと起き上がり、門の外を映している監視カメラの画像を見て仰天した。

真鍋がいた。

門扉も玄関ドアも、あっさり開いてしまった。タカシが鍵をかけ忘れたのか、ピッキングの技でも使ったのか。ぼくたちは監視カメラの画像を見ながら固唾《かたず》を呑《の》んでいた。が、いまさら逃げても仕方ないと思った。こうなったら夫婦で闘うしかない。残念ながらライフルはないものの、テレビやクーラーボックスを投げつけてでも追い払うしかない。

ところが、思わぬ展開になった。いざ居間に入ってきた真鍋のほうも、ぼくたちを見て驚いている。

だした。

「いやそれは」

すかさず麻由美が、タカシにかわって留守番してるの、と答えた。とたんに真鍋は笑い
「あの野郎、ダチに仕事押しつけやがったな」

すいません、とぼくは謝った。ぼくが謝る筋合いでもないのだが、わけもなく謝った。

真鍋は笑いながら煙草をとりだし、

「なあに、ちゃんと留守番するやつがいてくれりゃあ、それで十分よ。まあよろしく頼むわ」

百円ライターで火をつけている。拍子抜けした。あれだけ脅したりすかしたり、アメリカくんだりまで追いかけてきた男が、この友好的な態度はどうしたことか。そしてまた真鍋とタカシはどういう関係なのか。

「タカシは、おれに雇われてんだ」

真鍋が言った。屋敷のオーナーではないが、真鍋が管理責任者をやっているという。どうりで門扉も玄関ドアも開けられたはずだ。

「まあそういうことなんで、これ、タカシに渡しといてくれ。生活費だ」

上着から封筒をとりだして、こっちに投げてくる。反射的にキャッチした。すると真鍋は、つけたばかりの煙草を空き缶に押しつけて帰ろうとする。

「あの、借金の話は？」

思わずこっちから尋ねてしまった。真鍋が意外そうに振り返った。

「エアメールは届いた。あんたはもう、おれのお客さんじゃねえ」

「お客さん？」

「お客さんでなけりゃ、こわもてやることもねえってことよ。いまじゃ仲間みてえなもんだし、まあ、よろしくな」

ぼくの肩をぽんと叩くなり帰っていった。

がらんとした居間で再び夫婦二人きりになった。二人とも、しばらく言葉もなかった。自宅ビルのガス爆発も、入院先からの逃亡も、アメリカへの高飛びも、すべては真鍋がやってきたことからはじまった。あのすったもんだは何だったのか。

さすがに混乱していると麻由美に問われた。

「お客さんって、どういうこと？」

「さあ」

「いまは仲間ってどういうこと？」

ぼくとしても答えようがなく、首をひねりながら真鍋が置いていった封筒を覗《のぞ》いた。万札が入っていた。三十枚。タカシは三十万も生活費をもらいながら留守番しているのか。どうなっているんだ。真鍋という男は何者なのか。借金とりじゃなかったのか。考えれば考えるほどさらに混乱した。

「もういいよ。考えても仕方ないし、それよりお腹空《なか》かない？　タカシのお金でお寿司、とっちゃおうよ。特上。ウニとトロ、二個ずつ追加」

こんなときでも麻由美は現実的だった。毎度のことながら感心してしまうが、たしかに腹は減っている。あれこれ考えても気が滅入るばかりだ。ここは彼女のように目先の空腹に対処したほうがいいのかもしれない。

インターホンの受話器をとった。外線ボタンがついていたが、通じなかった。

寿司屋まで買いにいくか。よいしょと立ち上がったところにタカシが帰ってきた。走ってきたらしく息を弾ませている。

「ちょっときてくれ」

腕を引っ張られた。

「けど寿司を」

「とにかくきてくれ」

無理やり屋敷の外に連れだされた。

門の前には大きなメルセデスが停まっていた。タカシがスモークガラスの後部ドアを開けて乗れと促す。戸惑いながらも乗り込んだ。車中には男がいた。きっちりとスーツを着こなし、この手の車の愛用者にしては品のよさそうな顔立ちをしている。タカシが外からドアを閉めた。気密性の高い車内が静寂に包まれる。

「行ってくれ」

男が運転手に告げた。メルセデスは滑るように動きはじめた。

男は車窓に顔を向けている。近くで見ると思ったより若く、四十代半ばといったところか。住宅街の路地を抜け、交差点を左折し、左右四車線の国道に入った。平日の午後にしては流れている。運転手は二車線を強引に行き来しながら速度を上げていく。

「ビル、爆破できるのか?」

ふいに問われた。

「はあ、まあ」

「ビル十棟、何日で潰せる?」

車窓を見たまま続けて問う。

「それは規模にもよりますし」

「三階建てから五階建てまで、いろいろだ」

「全部まとめてやるのであれば、そうですね、一週間もあればセッティングして爆破できるかと」

でまかせだった。十棟まとめて一週間で爆破なんて、やったこともないし、やれるかどうかもわからない。でも、チャンスだと思った。どこのだれかは知らないが、爆破仕事がもらえるならだれでもいい。

「月に三十棟、三か月で九十棟、半年で百八十棟。そういう計算だな」

念押しされた。はい、とうなずいた。なるようになれだ。

メルセデスはさらに加速した。前を走る車がつぎつぎに蹴散《けち》らされる。やがて首都高速の入口が見えてきた。運転手がハンドルを切り、首都高速に駆け上がっていく。

男が、ゆっくりとぼくに顔を向けた。

「いま地方都市の駅前商店街は瀕死《ひんし》の状態だ。知っているか？」

どう答えたものか迷っていると、男はかまわず続けた。

「たとえば東日本の県庁所在地の駅前商店街を歩いてみろ。水戸《みと》、前橋《まえばし》、福島《ふくしま》、甲府《こうふ》、静《しず》岡《おか》、どこも一見賑《にぎ》やかなようだが、店舗のまず三割方がシャッターを閉じている。これが第二第三の都市ともなればなおさら深刻だ。小山《おやま》、熊谷《くまがや》、八王子《はちおうじ》、小田原《おだわら》、郡山《こおりやま》、土浦《つちうら》、その手の小都市に行ってみろ。うっかりすると五割近くの店舗が閉じていることもめずらしくない。惨憺《さんたん》たるものだ。これが西日本、四国、九州、北海道と全国規模で見たらさらにひどい。もはや商店街として成立していない駅前商店街が、日本各地に山ほどある」

能書きの多い男だった。ぼくだって故郷の街がゴーストタウン化して当惑している人間のひとりだ。だから何だというのか。

「まあきけ。ここからが本題だ」

男が苦笑した。

「問題は、なぜそんな状況に陥ってしまったか、だ。郊外大型店の増殖。消費者ニーズの変容。車社会の成熟。マスコミやら学者やらはいろんなことを言っている。だが、わたし流に端的に言わせてもらえば、やつらは壊せなかったから壊れた。そういうことだ。わかるか？　造り上げたものは、一度壊さなければつぎには進めない。停滞して腐敗して朽《く》ち果てるだけだ。現在に続く全国地方都市の駅前商店街が繁栄したのは終戦後のことだ。戦災で崩壊した戦前の都市構造を一から構築し直し、一九五〇年代から高度成長期にかけて鉄道大動脈時代の恩恵をうけて商圏を確立し、成長、拡大、成熟にまで至った。ところが、その成功が驕《おご》りを生んだ。驕りは硬直と同義語だ。やつらは壊すことをしなかった。

硬直した街に安住できると信じ込んでしまった。それが、郊外大型店につけ入られ、消費者に飽きられ、車社会に追いつけなくなるという最悪の結果を招いてしまった。つまりは」

男に小突かれて我に返った。途中から車窓に見とれていた。車は首都高速から常磐《じょうばん》自動車道に入っている。長ったらしい講釈にうんざりしていた。

「辛抱してきけ。これはおまえにとっても重要な話だ」

叱《しか》りつけられた。仕方なく向き直ると男は続けた。

「こうした背景のもと、ではわたしは、衰退の一途をたどる駅前商店街をどうしたいと思っているのか。ポイントはそこだ。駅前商店街を復興させたい？　とんでもない。地方自治体の中には、駅前商店街再興計画に大枚を注《つ》ぎ込み、苦心惨憺しているところも多い。だが、そんなものは金の無駄遣いでしかない。なぜなら、朽ちかけているものは修理も再生もできないからだ。街は生き物だ。年寄りが赤ん坊には絶対なれないように、いったん白紙に戻して産み直さないかぎり、新たな成長も拡大も成熟もありえない。となれば、いったい我々はどうすればいいのか。答えは簡単だ。内なる意識を終戦直後の時代に戻してやればいいのだ。わたしは終戦直後のパワーあふれる日本を尊敬している。あのころの日本はすごかった。我々は、いまこそ、無理やりにでも第二の終戦直後状態をつくりださなければならない。そのためにもビルを爆破してほしいと?」

「そのためにも」

つい口を挟むと、また叱られた。

「そんな単純な話ではない。いいか、わたしが言いたいのは、おまえの役割は単なる爆破屋ではない、ということだ。おまえは、新時代創世の立役者としてビル爆破を担《にな》わなければならない。そうした高い意識のもとに、旧来の腐敗物を思う存分破壊し尽くすべきだと、そう言っているわけだ」

どこまでも理屈っぽい男だった。だが、もう口を挟む気はなかった。とりあえずビル爆破の仕事をやらせてもらえるのなら多少のことには目をつぶろうと思った。

メルセデスが追い越し車線を外れた。常磐自動車道に入って一時間近く経つ。前方の車をことごとく煽《あお》り散らしながら飛ばしてきたが、ようやく目的地に着いたらしい。

日立《ひたち》北インター。料金所を通過して、しばらく街道に沿って走り、山道に入った。杉の木立をうねうねと縫っていく簡易舗装道路を、メルセデスは大きな車体をゆさりゆさり揺らしながら登坂しはじめる。

やがて目の前に、茶色くえぐれた山肌が見えてきた。

「採石場だ」

男が言った。山道の先に鉄柵《てつさく》の入口がある。

運転手がメルセデスを停めた。鉄柵を観音びらきに開け放つ。再び運転席につくと、未舗装の敷地内へ、ゆっくりとメルセデスを進めていく。

「この中に爆薬庫がある。好きなだけ爆薬を使わせてやろう。当面、三か月九十棟分として、どのくらい必要だ?」

とりあえず三千キロほどあれば、と答えた。もちろん、これもあてずっぽうだ。

プレハブ二階建ての事務所が近づいてきた。メルセデスは事務所の入口に横づけした。

入口の脇には一枚板に毛筆を走らせた看板が掲げられている。

西脇《にしわき》建設株式会社　採石現場事務所

ウニとトロをお腹いっぱい食べたら眠くなった。

雅也がちっとも帰ってこないものだから、タカシの携帯でお寿司の出前をとってもらった。巻物や玉子はいらないから、とにかくウニとトロどっさりね、とおねだりしたら、しょうがねえなあ、と舌打ちしながらも希望どおりにしてくれた。

「変なことしないでよ」

タカシに念を押してから、フローリングの床に横になった。ダニーとだったら、すっぽんぽんでいても平気だったのに、タカシと二人きりだと妙に警戒してしまう自分がおかしかった。

「けど、ほんとに真鍋さん、怒ってなかったか?」

くわえ煙草のタカシが確認するように言った。おんぼろテレビからは午後の再放送ドラマが流れている。

「べつに怒ってなかったよ。ちゃんと留守番してくれてれば、だれだっていいんだって。けど、そんなんで三十万もくれるんだったら、あたし、代わったげるよ」

「ばーか。いざってとき女ひとりじゃ闘えねえだろが」

「なんで闘うの?」

「だから占有屋ってのは、ただの留守番とは違うって、さっきも言ったろが」

「そこがまだよくわかんないんだけど、勝手に他人の家を占有してたら不法侵入じゃないの?」

「違う。いいか、この屋敷は担保物件なんだよ」

屋敷のオーナーは、土地屋敷を担保に大きな借金をしていた。最初は都市銀行などまともな金融機関からだけだったが、首が回らなくなった時点で、街金《まちきん》と呼ばれる高利貸しからも借りた。

オーナーに泣きつかれた街金は、担保として屋敷の賃貸契約書と動産譲渡書に判を突かせた。土地屋敷は都市銀行が担保に押さえているものの、この二通の書類があれば、オーナーが夜逃げしても、屋敷が差し押さえられても、いち早く占有してしまえば債権を回収できる。占有を盾に、第三者に賃貸借権や動産を転売したり、屋敷の競売落札者に立ち退き料を要求したりすればいいからだ。

ただし問題は、占有は早いもの勝ちということだ。借金漬けのオーナーには債権者が山ほどいる。そこで街金は占有屋を雇うことになる。夜逃げだ、差し押さえだ、となったら真っ先に屋敷に駆けつけ、「当方の管理物件です」と書いた紙を掲示して占有してしまう。オーナー家族がまだ暮らしていたとしても、力ずくで追い払い、強引に居座ってしまう。そんな占有屋として街金に雇われたのが真鍋なのだった。そしてタカシは、真鍋の配下として実働部隊となった。

当然ながら実働部隊には危険が伴う。複数の占有屋による熾烈《しれつ》な先陣争いが繰り広げられるのはもちろん、いったん占有しても夜中に忍び込まれて逆占有されることもある。つねに暴力対暴力の修羅場がつきまとう現場、というわけだった。

「じゃあタカシは腕っぷしを買われたわけ？」

「これでも高校んときは、やんちゃしてたしな」

そのわりには弱そうなパンチを繰りだしてみせる。

「でも真鍋は、だれでも留守番してくれてればいいって言ってたけど」

「この屋敷の場合、もう占有が成立しちまったからな。いまさら、ちょっかいだしてくるやつもいないだろうってことさ」

「世の中、いろんな商売があるんだね」

「ま、みんな必死で生きてるってことだな」

きいたふうなセリフを口にすると、タカシは空き缶の穴に煙草を放り込む。

ややこしい話をしているうちに、また眠気が襲ってきた。あたしは仰向けになって目を閉じた。そのとき、嫌な気配を感じた。目を開けると、上からタカシが覗き込んでいた。

「何？」

「ちょっとだけ楽しむか？」

「馬鹿」

ひっぱたいてやった。

「何すんだよお」

ひるんだ隙《すき》に手を差しだした。

「今日、留守番した日当ちょうだい」

「日当?」

「危なくって寝てられないから出かける」

タカシがしぶしぶ一万円札を二枚くれた。貰ったお札をジーンズのポケットにねじ込んで、あたしは屋敷を後にした。

外は夕暮れに染まっていた。閑静な住宅街をぶらぶら歩いた。学校帰りの女子中学生が、きゃあきゃあ騒ぎながら擦れ違っていく。あたしにもあんなころがあった。その十五年後になって、まさかこんな状況に陥っていようとは思ってもみなかった。十五年の歳月を、いまさらながら実感してしまう。

外に出たものの、行くあてはなかった。雅也はビル爆破に興味をもった人物と会っている、とタカシが言っていた。この時間になっても戻らないところをみると遅くなるのかもしれない。こうなったら、むかし馴染《なじ》みの都心の店にでも顔をだしてみようか。そう思いついて辛島駅に向かった。

辛島駅前商店街に差しかかるころには、すっかり日が暮れていた。ガス灯を模した商店会の街路灯が点《つ》いている。でも、軒を並べる店舗が残らずシャッターを閉じていることから、街路灯の光が逆に侘《わび》しさを強調している。辛島駅から吐きだされてくる通勤客も、そそくさと通過していくだけで、街にかつての夕刻の賑やかさはない。

商店街の中程に近づくと、唯一シャッターを開けている店、鴨志田文房具店の明かりが見えた。ビニールシートで覆われた小野寺金物店よりもひとまわり小さい三階建て。三文判の回転ケースと特売のファイルノートを並べた陳列棚が、歩道にはみだした場所に置かれている。

隣に住んでいたころは、挨拶を交わす程度の付き合いしかなかった。けれど、いまあらためて以前と変わらない店頭を目にすると急になつかしくなってくる。

毎日店番をしていた主人の鴨志田さんは、愛想こそないけれど誠実そうなおじさんで、関西に嫁いでいったひとり娘が産んだ孫に会うのを楽しみにしていた。奥さんは午後になると店番に出てきた。いつ会っても物静かな女性で、控えめな微笑みを絶やさない接客ぶりだった。

三文判の回転ケースの前まできたところで、そっと店の奥を覗いてみた。ノートや便箋《びんせん》が並んだ先のレジの脇に、鴨志田さんが座っていた。下を向いて何かやっている。きちんと櫛目《くしめ》を入れた白髪が蛍光灯の光を反射している。奥さんの姿はない。二階の倉庫でも整理しているのだろうか。

ちょっとためらった。が、すぐに思い直して店に入った。

採石場から程近い日立に泊まることになった。

爆薬を品定めしたあと、

「せっかくだから試しに一棟、爆破してみたらどうだ」

と男に勧められた。企業城下町として発展した日立の街も、ご多分にもれず商店街が元気を失っている。そのうち一棟のビルを爆破解体してみせろというのだった。

「でも役所の許可とかは？」

「そういうことは我々にまかせてくれ。まあ知ってのとおり、いまの日本は大手をふってビル爆破ができる環境にはない。しかし、うちは鋼球や圧破機や大型ブレーカーを使った、いわゆるふつうのビル解体は数多く手がけている。『いまを壊してあしたを創る』という企業スローガンのもと、ビル解体からビル建設までトータルな受注実績がある。だからまあ、蛇《じゃ》の道は蛇《へび》とでもいうか、役所や所轄署とは深い絆《きずな》で結ばれているし、お咎《とが》めを食らうようなへまはしない自信がある」

男は言い切った。

正直、すぐに爆破仕事をするつもりはなかった。日本での初仕事ともなれば、それなりの心の準備も必要だからだ。しかし、ここまで言われてしまっては、仕事がほしい身としては断われない。男としてもそれを計算していたのだろうが、その計算どおり、結局は引き受けざるをえなくなった。

麻由美がいてくれれば、と思った。ひとりでも爆破できないことはないが、彼女の直感が生かせないと思うと、ちょっと心細かった。

用意されたビジネスホテルにチェックインしてすぐにタカシの携帯に電話した。麻由美に連絡をとりたかった。が、どこかに出かけたという。どこに行ったのか。心配になったが、捜しにいくわけにもいかない。しばらく茨城《いばらき》の日立《ひたち》に滞在することになったと伝えてくれ。タカシに伝言を託して電話を切った。

ホテルで一服したところで、日立市内の割烹《かっぽう》料理店に連れていかれた。

「あらまあ若社長」

到着するなり女将《おかみ》が直々に挨拶しにきた。女将に導かれて座敷に落ち着き、そこでようやく男の名刺をもらった。西脇建設株式会社、代表取締役社長西脇健太郎《けんたろう》。

「若社長はね、まだ高校生のころからお父さまに連れられて、ご贔屓《ひいき》にしてもらっていたんですよ。あのころからよく綺麗どころとお泊まりになられて」

「おいおい」

西脇社長が笑いながら女将を制した。女将はぺろりと舌をだして引っ込んでいった。それからは、地元のコンパニオンを呼んで盛り上がった。根が嫌いじゃないものだから、勧められるほどに盃を重ね、カラオケを歌い、お座敷ゲームに興じ、コンパニオンとじゃれ合い、気がついたときには翌朝になっていた。

眩《まぶ》しい朝日を浴びたホテルのベッドで目覚めると、ゆうべのコンパニオンのひとりが隣に寝ていた。記憶にはまったく残っていなかったが、やることをやってしまった形跡もちゃんとある。

これで完全に試し爆破は断われない。ぼんやりした頭でそう思った。

午前九時きっかりに、西脇社長の部下が迎えにきた。さっそく現場にお連れします。そう言われるままに西脇建設のワゴン車に乗り込んだ。

日立駅近くの商店街の片隅に降ろされた。爆破物件は四階建ての雑居ビル。すでにテナントは営業していないが、一階にブティック、二階にスナックバー、三階と四階には消費者金融の看板がかかっている。のっけからむずかしい物件だった。ビルの前は二車線道路だが、両脇は左右ともわずか八十センチの距離にビルが隣接している。

下見しているうちに怖くなった。考えてみれば日本に帰って初めての爆破というだけでなく、ひとりでやる爆破も初体験だ。もちろん、できないことはないと思う。が、なぜか足が微《かす》かに震えている。テクノロジーよりメンタリティ。いつかダニーが口にした言葉を実感した。

だが、動揺を悟られてはならない。足の震えを気合いで抑え、西脇建設から派遣された現場作業員に指示を下した。

まずはジオテキスタイルの養生シートを探させた。日本にあるかどうかわからなかったが、すぐに見つけてきてくれた。さっそく養生シートで両脇のビルに養生を施し、爆破するビル全体にも飛散物防止の防護幕を張りめぐらせた。

ビルの内部にも細工が必要だった。四方の壁と屋内の柱をワイヤーで結ばせた。これはケリー夫妻が用いたテクニックを拝借したのだが、四方の壁を爆破した一秒後に屋内の柱を爆破切断する。わずかな時間差爆破によって四方の壁をビルの中央に向けて倒れ込ませる仕掛けだ。柱の爆破切断用にＶコードも用意させた。いわゆる爆破カッターと呼ばれるもので、柱や鋼材にテープで貼《は》りつけて点火すると金属微粒子のジェットが噴きだし、一撃のもとに柱や鋼材をカットしてくれる。

メインの爆薬はダイナマイトにした。爆発音のことを考えると、ここはスラリー爆薬を用いたいところだが、ひとつ問題が起きた。アメリカでは、爆破現場で水に硝酸塩などの原料を混合してスラリーをつくり、装填している。このほうが運搬の際も安全だし、また何より現場の状況に応じた配合装塡が可能となる。ところが、日本では現場混合が規制されているからやめてくれという。しかし、もともとゲリラ的にビル爆破をやろうというのだ。現場混合の規制がどうこう言うこともないと思うのだが、万が一、表沙汰《おもてざた》になったとき、ダイナマイトのほうがお咎めが軽いからと泣きつかれた。

そのかわり桐《きり》ダイナマイトはやめて榎《えのき》ダイナマイトにした。ダイナマイトは威力が強い順に「松」「桜」「桐」「榎」「梅」など優雅なネーミングの等級に分かれている。通常なら桐でいきたいところだが、今回はVコードの仕掛けも併用することから、榎を使って爆発音を抑えようと思った。とにかく爆発音は最小にと言われている。役所や警察は丸め込めても周辺住民を仰天させてはまずい。でっかい鋼球を打ちつけたらビル全体が崩れ落ちた。そんな弁明ができる程度の音がいいと注文をつけられた。

ただし、ボブじいにも言われたことがあるのだが、そもそも大きな音がでる爆破は良い爆破ではない。爆薬のエネルギーを破壊エネルギーに百パーセント転換できれば音は小さくなる。つまり、エネルギーロスを最大限に抑えれば音も軽減されるわけで、その意味からすると、爆破屋の腕は音にでる、ともいえるのだった。

作業は三日間かけて隠密のうちに進められた。周辺住民には直前まで絶対にビル爆破と悟られてはならない。西脇社長から厳命されている。

しかし、その点に関しては西脇建設の社員が精力的に動いてくれたことからスムーズに運んだ。まずは事前に、解体工事の影響でうるさくなるかもしれません、と菓子折り持参で近所の挨拶にまわった。爆薬をセッティングするときは目隠しに気を配った。さらには採石現場から発破職人を助《すけ》っ人《と》に呼ぶことで、よりスピーディに作業を終えることができた。

このときもボブじいの教えが役立った。ダイナマイトに電気雷管をセットするとき、薬包の胴に導線ごと縫うようにして挿入するアメリカ式と、薬包の上端から雷管を挿入して胴に導線を巻きつける日本式の両方を、発破職人の目の前で比較実演して見せた。アメリカ仕込みの技を目の当たりにした発破職人は、それだけで同じ職人仲間と見なしてくれて、一発で信頼を勝ちとることができた。

唯一の不安は、やはり麻由美がいないことだった。すべて完璧《かんぺき》にセッティングしたつもりではあるものの、彼女の直感に最終チェックしてもらいたかった。しかし、これは割り切るしかない。自分の力を信じて運を天にまかせるしかない。

爆破当日になった。

起爆スイッチを入れる時間はきっちり指定された。商店街全体の定休日の午前九時。この時間なら通りにひとけはないし、周辺住民も起きている時間だから、爆発音で飛び起きてパニックに陥る心配が少ない。爆破音といっても、運動会の開催を知らせる花火よりも小さいはずだし。

現場前の道路は道路工事のふりをして封鎖した。商店街全体の定休日だけに周囲の店舗ビルは無人のはずだが、それも念のために確認して歩いた。各ポイントには警備員を配置して闖入者《ちんにゅうしゃ》対策にも万全を期した。ふだんから工事慣れした面々だけに、こうした段どりは手慣れたものだった。

発破器は現場近くに停めたワゴン車に設置した。爆破と同時に、ぼくは現場を立ち去り、後始末は西脇社長がやってくれることになっている。もしトラブルが生じた場合はどう対処するつもりなのか知らないが、西脇社長が大丈夫と太鼓判を押すのだから大丈夫だと信じるほかない。土建立国と揶揄《やゆ》されるほど、この国の建設業者と官憲は密接な関係にある。いろいろと抜け道があるのだろう。

爆破時刻が近づいた。ぼくはスモークガラスのワゴン車の中で西脇社長の合図を待った。西脇社長は爆破するビルを見下ろせる場所にいる。激しいプレッシャーを覚えた。最終チェックもしないで一発勝負を成功させなければならない。爆破一分前。無線機から社長の声が流れた。鼓動が高まった。警報のサイレンが鳴らないうちに発破器に母線をつなぐのは初めてだ。

社長のカウントダウンがはじまった。心なしか硬い声に感じられる。そのとき、商店街の先からだれかやってきた。警察官だ。カウントダウンの声が止まる。西脇建設の社員が駆け寄った。二言三言話しかけた。警察官が笑みを浮かべて引き返していった。

じつは、交番にも事前に社員が挨拶にいった。騒がしくなるかもしれませんが、とビール券を置いてきた。政治的なルートで上層部には話を通してあるものの、いざというとき、現場の警察官と顔見知りかどうかで初動対応がまったく違ってくる。同じ意味で地元消防署にも、誤認通報があるかもしれません、と根回ししてある。

カウントダウンが再開された。あとは、このままスムーズにいけそうだ。

爆破十秒前。九。八。七。六。五。四。三。二。一。爆破！

頼む、と祈りつつ、ぼくは起爆スイッチを押した。

鴨志田さんはレジの脇で書きものをしていた。あたしが店に入ってきたことには気づかずに画用紙に毛筆をふるっている。

『当ビルは当文具店主鴨志田正治《まさはる》の管理下に有り　何人《なんびと》たりとも立入を禁ず』

書き終えた鴨志田さんは、しげしげと画用紙に見入っている。

「こんばんは」

思いきって声をかけた。鴨志田さんは細面の顔を上げ、いらっしゃいませ、と挨拶したが、すぐにあたしと気づいて表情を硬くした。

「何の御用です?」

空気が張りつめた。御無沙汰《ごぶさた》してます、と愛想笑いを返しながらも、のこのこと店に入ってきたことを後悔した。気まずさに耐えきれずに、

「どうされたんですか?」

と画用紙を指さした。

「しばらく店を閉める」

無愛想に答えるなり、鴨志田さんは画用紙を手に立ち上がり、店頭に画用紙を貼りはじめる。

早々に退散しよう。そう決めて店を出るタイミングをはかっていると、階上から奥さんが下りてきた。いつもスカート姿できれいにしていた人だけれど、今日はスラックスにジャンパーを羽織り、毛糸の帽子を被《かぶ》っている。

店を出そびれて奥さんにも挨拶した。奥さんも驚いた顔をしたが、とりあえずは以前と変わらない態度をとってくれた。

ただ、態度こそやさしかったものの、どうしてたの？　と問う口調にはとげがあった。返事に迷った。嘘をつくことも考えたものの、わけがわからないままアメリカに逃げて、帰ってきたらまたわけがわからないんです、と正直に答えた。

奥さんは静かにあたしを見据えて、

「ほんとうに何も知らないの？」

と確認する。神妙にうなずいた。すると奥さんは、ちょっと考えてから毛糸の帽子を脱ぐと、

「三階に行きましょうか」

あたしを促した。

鴨志田文房具店の三階は夫婦の住まいになっている。二人とも無言で階段を上がった。表通りに面した座敷に通され、コタツをすすめられた。覚悟を決めて腰を下ろした。奥さんはお茶を淹れてくれてから向かいに座った。

「籠城《ろうじょう》することにしたの」

奥さんが言った。

「籠城？」

「この店だけは何がなんでも明け渡さない。うちの人とそう決めたの」

なぜ？　とあたしが問い返す前に、

「まったく、なんでこんなことになったのか」

奥さんは嘆息した。

寂《さび》れる一方の辛島駅前商店街を再興させよう。すべては、そんな計画が持ち上がったことからはじまった。

一年半前のある日。鴨志田文房具店の隣人、小野寺金物店の義父のもとに、辛島駅前商店街の再興計画を携えた建設業者がやってきた。

このままでは商店街がだめになります。いま手を打っておかないことには大変なことになってしまう。もはや待ったなしの状況なんです、と建設業者は熱く語りはじめた。義父は数か月前まで持ち回りの商店会長を務めていた。すでに役職は後任に譲っていたものの、建設業者はそれを知らずに義父に営業をかけてきたのだった。

それでも、根が真面目な義父は真剣に耳をかたむけた。そして話をきき終えると、たしかにおっしゃるとおりなんですが、と腕を組んだ。現状を憂えていないわけではない。しかし、商店会費の滞納すら相次いでいる時期に、再興計画を立ち上げる予算などとても捻《ねん》出《しゅっ》できない。商店会長だったときも、そのジレンマに悩まされたものです、と答えた。

すると建設業者は言った。

「行政の力を借りればいいじゃないですか。商店街の危機は、いまや全国レベルの大問題となっています。どの地方都市でも、都道府県や市町村など地元自治体を巻き込まないことには解決できない事態となっています」

義父は反論した。

「それは重々承知してるんです。承知はしているけれど、こんなちっぽけな商店街では役人や政治家とのつながりも薄く、そう簡単には事が運ばないわけで」

「でしたら、わたくしどもがお力添えします」

建設業者が身を乗りだした。わたくしどもには、全国各都市の商店街で再興プロジェクトを請け負ってきた実績と経験があります。各地方自治体からの信頼も厚く、顔もきく。ここはひとつ、商店会と地方自治体と民間業者が三位一体《さんみいったい》となって、再開発事業を画策しようじゃありませんか。三者ががっちり手を握れば、辛島駅前商店街にも間違いなく、かつての繁栄が戻ってきます。

建設業者の情熱に義父は動かされた。そこまで言ってくれるならと、さっそく現商店会長に話を持ち込んだ。ところが現商店会長は尻込みする。

「素晴らしい話だとは思うんですけど、行政や政治まで絡んだ事業となると、わたしには荷が勝ちすぎて。いまは自分の店のことだけで精いっぱいなんですよ」

しかしですね、と義父は食い下がった。いま立ち上がらないことには辛島駅前商店街は滅んでしまいます。商店街あってのあなたの店じゃないですか。

「そこまでおっしゃるなら小野寺さん、あなたが中心になって再開発組合を発足してもらえませんか。それであれば、わたしも協力しましょう」

こうして辛島駅前商店街再開発組合が誕生した。理事長には、乗りかけた舟を降りられなくなった義父が就任。副理事長には民間業者代表として建設業者のトップが就いてくれた。ほかに商店会のメンバーから五人の理事が選出されたものの、実質的には理事長と副理事長の二人が切りまわす組合となった。

「ぜんぜん知りませんでした」

あたしは口を挟んだ。

ほんとうに知らなかった。もともと押しかけ婚のような結婚だったこともあって、義父は口もきいてくれなかったし、あたしも面倒臭いから知らんぷりしていた。雅也と義父のコミュニケーションもなかったため、夫婦二人、店の経営状態すら知らないありさまで、まして商店会の動きなどわかろうはずもなかった。

「でもそれは、ほかのお店の人も似たようなものだったの。再開発組合がどんどん話を決めていっちゃって、気がついたときには、商店街全体を更地《さらち》にして大型ショッピングモールに造り替える計画が進んでいたの」

奥さんは口を尖《とが》らせた。いつも静かにしている奥さんだったというのに、今日はずいぶんと雄弁だった。というより、差し迫った状況が否応なく雄弁にしているのだろう。

「でも資金はどうしたんです？」

「再開発組合の副理事長が、市や都に掛け合ってお金を出してもらえることになったの」

建設業者のトップでもある副理事長は、地方自治体の都市計画課や土木建設課に太いパイプをもっていた。長年にわたり天下りを引き受けるなど、まめに尽くしてきた成果だった。さらには、息のかかった市議や都議、代議士にも働きかけたことから再開発計画は一挙に具体化。市と都が歩調を合わせてバックアップする市街地活性化特別事業として補助金が下りる見込みとなった。

総事業費は二百七十億円。その三分の一を辛島市、三分の一を東京都、残りの三分の一を商店会が負担することになった。ただし商店会の負担分は、事業資金に回せるストックがないことから、副理事長が銀行に話を持ちかけた。その結果、官民一体の特別事業ということで、商店会と商店会会員が個人保証する条件で融資話がまとまった。

資金調達の目途《めど》がついたことで事業計画は実現に向けて走りだした。さっそく、再開発組合の主導で商店会と建設業者の事業推進契約も結ばれた。

「このころなの、ようやく再開発組合主催の事業説明会が開かれたのは」

「そこで初めてみんなが事業計画を知ったんですか？」

「そう、みんなびっくり」

驚きながらも、行政や銀行の肝煎《きもい》りで商店街の再興がはかれると知った商店会の会員は喜んだ。それぞれに自分の店の経営事情はあるものの、ひとつだけ一致しているのは、このままでは商店街が滅んでしまうという危機感だった。官民一体となって大量集客が望める新しい街づくりを推進すれば、経営不振も吹き飛ばせるかもしれない、と全会員が賛意を表明した。

それからの一週間、義父は商店会の会員のもとを忙しく駆け回りはじめた。銀行融資に必要な個人保証の署名捺印を集めるためだった。個人保証だけはご勘弁を、としぶる会員も一部にいないこともなかったが、義父は粘り強く説得した。あくまでも形式上の手続きなんです。いま事業が頓挫《とんざ》したら、この商店街は終わりなんですよ。そう言って深々と頭を下げ、最終的には熱意で会員全員を口説き落とした。

その努力が、結果としては悲劇につながった。

すべての準備が完了して、いよいよ事業開始となったある日、建設業者のトップでもある副理事長から突如、理事長の義父に連絡が入った。

「まことに遺憾《いかん》なことですが、行政支援が得られなくなりました」

寝耳に水だった。義父は慌てた。

「いまさらどういうことです、お上との関係はうまくやってくれると言ってたじゃないですか」

副理事長に詰め寄った。

ところが副理事長は、いまどきは政府主導の大プロジェクトですら一夜にして事業中止に追い込まれるご時世です。どうしようもないんですよ、の一点張り。せめて支援中止の理由だけでもわからないんですか、と迫っても、いま調査中ですが、なにぶん役所が決めたことですから、と要領を得ない。

結局、はっきりしていることは、事業費の三分の二を負担する行政支援が得られないとなれば事業続行は不可能、ということだけ。大型ショッピングモール構想は一夜にして幻と化してしまった。

しかも、それだけではすまなかった。事業頓挫が判明したとたん、銀行が融資金の返済を求めてきたからだ。

「もう、融資のお金を貰《もら》っちゃってたんですか？」

奥さんがうなずいた。

「そうなの、融資金はすでに建設業者の口座に振り込まれていたの」

「だったら、そこから返金してもらえばいいんじゃないですか？　事業が中止になったわけだから」

「ところが建設業者は、中止になったんだから事前調査費やキャンセル料をいただくと言って返金してくれない」

「融資金の全額を事前調査費やキャンセル料に充てるってことですか？」

融資金額は事業費全体の三分の一、九十億近くにもなる。調査費やキャンセル料にしては高額すぎるのではないか。

「わたしたちもそう言った。そしたら契約書にも明記してあるって言うから確認したら、ややこしい書き方だったけどそのとおりだったの」

まさか行政支援がなくなるとはだれも思っていないから、悪意の契約細則までは厳密にチェックしていなかった。契約時に弁護士を雇っていればと悔やんでも後の祭りだった。

「だけど、何か変」

銀行からの融資分が、そっくり事前調査費やキャンセル料に化けてしまう点が腑《ふ》に落ちない。

「そう思うでしょう？　わたしたちもどうにも納得がいかなくて、だから」

「よけいなことを話すな」

そこに鴨志田さんが分け入ってきた。いつのまに階下から上がってきたのか、奥さんを制すなり、あたしを睨《にら》みつけてきた。

「何を探りにきた」

「探るなんて、そんなつもりじゃ」

「じゃあ、どんなつもりだ」

日立の雑居ビルの爆破が成功した晩、さっそく、つぎの爆破を指示された。栃木県の益《まし》子《こ》に行ってくれないか。祝宴のさなかに西脇社長から告げられ、続けて二件はきついと思ったが断わりきれなかった。

こうなったらますます早いところ麻由美を呼び寄せなければ。祝宴の途中、何度か抜けだしてタカシに電話した。が、いまだに麻由美の居場所がわからない。どうしているんだろう。心配でならなくなった。爆破の準備中も連日、馴染みだった店など心当たりに電話していたのだが、どこにも立ち寄った形跡がない。

祝杯にも酔いきれず、二次会をパスしてホテルの部屋に帰った。今夜もコンパニオンと遊べるという話だったが、とてもそんな気にはなれなかった。

シャワーを浴び、ベッドに仰向けになったとたん、ベッドサイドの電話が鳴った。ひょっとして、と受話器をとると予感的中、麻由美だった。

「どこにいるんだ」

思わず怒鳴りつけていた。酒が入っていたせいもあって、ほっとするあまり怒りをぶつけてしまった。これには麻由美もむっとした。

「怒ることないじゃない。あなたこそどこよ」

「いまは日立。明日、益子にいく。すぐきてくれ」

「益子？　なんで？」

「爆破仕事だ」

「それどころじゃないの。こっちは大変なことになってるの」

「なんだ、大変なことって」

「電話じゃちょっと」

「じゃあ、益子にこいよ」

「だからそういうわけにはいかないの」

「さんざん心配させといて、その言いぐさはないだろう」

「あたしだって心配してた」

「こっちは仕事してたんだぞ。夫婦二人、日本で生きてくためには、爆破仕事は命綱だ。なのに」

「いまはそんな話をしてるんじゃないの」

「そんな話とはなんだ」

「とにかくきいて」

「おまえこそきけ！」

会話が嚙み合わないまま言い合いになっていた。お互い意地になってしばらく押し問答したあげく、

「もう知らない！」

最後は一方的に電話を切られた。

勝手にしろ。受話器を叩きつけ、再びベッドに仰向けになった。そのとたん、麻由美の居場所をきき忘れたことに気づいた。なんてことだ。せっかく連絡がとれたというのに。

いったん東京に戻ることも考えた。しかし、今後の生活のことを考えると、引き受けたばかりの仕事をキャンセルするわけにもいかない。とりあえず、つぎに泊まるホテルをタカシに連絡しておけば、またコンタクトできるだろう。日立の爆破は腕試しで金にならな

かったが、益子の爆破はギャラもくれるという。いまは辛抱のときだ。ひとりで頑張って爆破を成功させるしかない。

翌朝、西脇建設から差し回されたワゴン車で益子に向かった。

二時間ほどで到着した益子の現場も小規模ビルだった。築二十年の三階建て。建材や立地が多少異なっているものの、日立のビルと同様のセッティングでいけそうなことから、ちょっとばかり安心した。

しかし考えてみれば、日本の商店街に建ち並ぶビルといったら、ほとんどがこの程度のビルだ。築百余年のレンガ造りだったり、凝りに凝ったデザインだったり、毎回ユニークな物件ばかり爆破していたボブじいの仕事を思えば、技術的には楽勝といっていい。

また、地震国日本のビルは耐震構造だから爆破には適さない、という通説にしても、日立と益子の商店街を見たかぎりどうということはない。本気で耐震構造に取り組んでいるビルなど、超高層ビルとゼネコンの本社ビルぐらいのもの、という気がする。事実、西脇建設の作業員の話では、仮に耐震構造設計だったとしても、その実態は手抜き工事によってとんでもないシロモノになっているらしく、言われてみれば、日立の雑居ビルも計算した以上に脆《もろ》く崩れ落ちた。

「鉄筋が二割方、抜かれてんな」

爆破直後に、西脇建設の作業員が苦笑していたものだ。

そして益子に着いて五日目、綿密なセッティングを終えて爆破した益子のビルも、あっけないほど簡単に倒壊した。

二度目の挑戦とあって、多少は余裕が生まれたこともあり、日立のときより爆薬量を一割ほど減らしたのだが、それでも多すぎたと思うほど脆かった。

「これも鉄筋二割抜きかな?」

西脇建設の作業員にきいたところ、作業員は日立のとき以上に、にやついた顔で答えた。

「鉄筋二割抜きプラス、コンクリは海砂だな」

塩分を含んだ海砂は、鉄筋コンクリートに使ってはならない。だが、この国には、新幹線の高架橋にすらこっそり海砂を使って儲けようとする建設業者が存在する。商店街の零細ビルなど、どんな出鱈目が行われているかわかったものではない。

これならやっていける。急にそんな自信がわいてきた。この程度の爆破だったら、当面は麻由美の直感力がなくても無理なくやっていける。西脇建設の作業員とも気心が知れてきたし、初回に比べて爆破のセッティングもスムーズに運んだし、数をこなしていけば、ますますスピーディな爆破作業が可能になることは間違いない。

いまのうちにしっかり稼いでおこうと思った。いずれ日本にもビル爆破時代がやってくる。すでに国土交通省でも研究を進めていて、実験的にビル爆破を実施している会社もあるらしい。それまでは西脇社長に食らいついて地道に頑張ろう。こうして日本での実績を積み重ねていけば、やがては麻由美と二人、日本のケリー夫妻としてビル爆破時代をリードできるようになるかもしれない。

ただ、ひとつ困ったことに、あれ以来、再び麻由美と連絡がつかなくなってしまった。すでにあの屋敷を離れてべつの物件を占有しているタカシの携帯電話には、その後も何度も連絡を入れているのだが、まったく消息がつかめない。あの晩の電話でのやりとりが悔やまれた。あれだけ苦労したアメリカでも絆が保たれたというのに、あんな口喧嘩ぐらいで麻由美との仲が終わってしまうのだろうか。深夜、ホテルのベッドにもぐり込むたびに不安に襲われた。

しかし、待つしかないのだろう。爆破仕事を確実にこなしながら辛抱強く待つ。それが、いまのぼくにできる唯一のことだと自分に言いきかせた。

益子の仕事が終わったところで、しばらくぶりに東京に戻った。つぎの仕事の内容は告げられないまま、とりあえず東京に移動するよう指示された。

東京には恵比寿《えびす》のシティホテルが用意されていた。これまではビジネスホテルばかりだったというのに、ずいぶんと張り込んでくれたものだ。

どういう風の吹き回しだろう。いつになく豪勢な部屋を見回しながら訝《いぶか》っていると、西脇社長から電話が入り、

「晩飯でも食おう」

ホテル内のレストランに呼びだされた。

レストランにはわざわざ個室が用意されていた。給仕人に案内されて入ると、すでに西脇社長はテーブルに着いていて、男二人で向かい合い、フランス料理を食べるはめになった。

さっそく食前酒が注がれ、前菜が運ばれ、ワインが抜かれ、説明されても理解できない凝った料理がつぎつぎに饗《きょう》された。食事中は西脇社長のゴルフ話に付き合わされた。まったく興味のないぼくとしては、うんざりしたが、生返事を繰り返しながらデザートを平らげ、コーヒーを口にしたところで西脇社長が部屋の外の部下を呼びつけた。

部下がファイルケースを持ってきた。いよいよ本題ということだろう。部下が出ていったところで、さて、と西脇社長に見据えられた。

「試用期間は終わった。きみは本採用だ」

出会って以来、おまえと呼ばれてきたというのに、この瞬間から、きみ、に昇格した。

「きみは今夜から我々の仲間だ。ギャラも益子のときの倍額支払おう。おたがいにパートナーシップを尊重して、新しい時代を切りひらいていこうじゃないか」

握手を求められた。テーブル越しに右手を握り合うと、西脇社長は続けた。

「うちの先代は、人足の手配師からはじめて一代で西脇建設を築き上げた。戦後の混乱期を渡り歩き、高度成長期の波をとらえて社業を拡大して、いっぱしの企業に成長させた。しかし、その後のバブル期を経て建設業界は円熟期から低迷期に入り、へたを打てば滅亡しかねない崖《がけ》っぷちまで追い込まれ、そんな時期に、わたしはマウンドに立たされた。いわば第二の混乱期の救援投手をまかされたわけで、まともな直球勝負などやっていられない。相手方の裏をかき、意表を衝き、いかなる手練手管を駆使しても勝ち残っていかなければならない立場にある。その意味で、きみは待ち望んでいた人材だ。わたしの戦略を実現する実行部隊として大いに期待している。そこで」

言葉を切ると、西脇社長はファイルケースを開けた。挟んであった大判の写真を抜きとり、ぼくに差しだす。

「さっそく、でかい仕事をやってもらいたい」

街の空撮写真だった。ひとめ見てどこの街かわかった。子どものころからずっと見続けてきた懐かしい街並み。東京都下、辛島駅前商店街。

「この街のビルを残らず爆破する。それが、きみに与えられたつぎの使命だ」

鴨志田文房具店に居着いて二週間になる。じゃなかった、鴨志田文房具店ビルを占有して二週間になる。

あたしとしては、そんなつもりはなかった。鴨志田さんも怒っていることだし、奥さんの話をきいたら帰るつもりだった。ところが、ひょんな弾みで鴨志田さん夫婦の悲壮な闘いを知ってしまったことから、ともに闘わずにはいられなくなった。

以来、鴨志田さん夫婦とあたしの三人で、三階の住まいに居座っている。といっても、ただ三階に寝泊まりしているだけじゃない。なにしろ、いつだれが押しかけてくるかわからない状況だ。昼は鴨志田さん、夜はあたしが一時間ごとにビルの中を巡回して歩いている。

それで何が防げるかはわからない。警報装置も入ってはいるものの、それがあてになるかどうかすらわからない。あらゆる手をつかって逆占有するのが占有のプロってもんだぜ、とタカシは言っていたけれど、それでも、何もしないよりはましだと信じるしかない。

いつまでこうしていればいいのか、それもわからない。でも、いまこのビルを離れるわけにいかないことだけは、たしかだった。益子だかどこだかに勝手に行ってしまった雅也のぶんまで、頑張り続けるつもりでいる。ここにきてようやく鴨志田さんも信用してくれるようになった。その信用を裏切りたくない。

正直、最初は嫌みばかり言われた。冗談めかした言い方ではあったけれど、

「まさかスパイなんてことはないだろうね」

ぐさりぐさりやられた。でも、ようやく事情を知ったあたしとしては、そんな鴨志田さんの気持ちもわからないではない。あの委任状には、それほど重大な意味があった。ただ、いまさら言い訳にもならないけれど、あたしも雅也も、ほんとうに何も知らなかった。一通の書類が遠い日本の商店街に与える影響など想像もつかなかったし、もっと早く事情がわかっていたらと地団駄《じだんだ》を踏みたくなる。

ちょっと話を戻そう。

あの後、鴨志田さん夫婦が語ってくれたところによると、再開発事業の頓挫は大きな波紋を呼んだ。辛島駅前商店街の再開発事業が幻に終わり、個人保証して借りた融資金が事前調査費やキャンセル料に化けてしまったことから、商店会の会員は大きな負債を背負うことになった。けれど、それでなくても売り上げ不振で四苦八苦している現状だ。降って

わいた負債を返済する余裕などだれにもない。なけなしの預金ですら赤字補塡に回している店が大半なわけで、そうなると対応策はひとつしかない。個人保証した際の担保物件、土地や店舗を差しだす。それ以外に解決方法がなくなってしまった。

この事態に商店会員の怒りは義父に向けられた。

「あんたのせいだ！　どうしてくれる！」

義父は連日連夜、商店会の会合に呼びだされ、吊るし上げられた。胸ぐらをつかんで詰め寄る会員もいれば、訴訟を起こすと息巻く会員もいれば、刺し違えてやると泣き叫ぶ会員までいた。

義父は謝った。再開発理事長としての不明を謝罪し続けた。しかし、いくら義父が謝罪したところで何が解決するわけでもない。やがて吊るし上げに疲れた商店会員たちは、せめて自分のところだけでも助かるすべはないものかと各人各様に模索しはじめた。

すると、こんどは街に妙な噂が飛び交うようになった。小野寺金物店は一族が資産家だから陰で高笑いしている。八百屋のおやじは自分だけ抜け駆けして銀行とバーター取引したらしい。花屋の旦那は看板娘を支店長に差しだして担保保全をはかった。などなど、不安と恐怖が育んだ根も葉もない噂話が囁《ささや》かれ、商店会の人間関係が軋《きし》みはじめた。

あたしと雅也が結婚したのは、ちょうどそんなころだった。どうりで義父が口もきいてくれなかったはずだ。あたしたちは二人の世界に浸りきって舞い上がっていたから気づきもしなかったけれど、緊急事態に直面していた義父は、能天気な息子と押しかけ花嫁を見切っていた。嬉々《きき》として新婚旅行を計画する若夫婦を横目に、ひとり苦悩しながらキーコキーコとシャッターを開け、パートの店員に店をまかせて外出し、必死で解決策を探し求めていたのだった。

そんな折、義父は奇妙な情報をつかんだ。たまたま縁故があった都庁の有力OBに相談にいったところ、話をきいていた有力OBが首をひねった。

「都から補助金が下りる予定だった？　そんな話はきいたことないなあ」

念のため、後輩の役人にも何本か電話を入れてくれたが、やはり、都にも市にも辛島駅前商店街再開発事業の支援計画など、どこにも存在していなかった。

「そんな馬鹿な」

義父が愕然《がくぜん》としていると、有力OBは苦笑いした。

「まあその、建設業者に騙《かた》られた可能性もなきにしもあらず、ってところですかな」

仕事ほしさに行政がらみの新規事業を提案し、最終的には行政抜きの事業として成立させて自社の受注に結びつける。建設不況の昨今、そうした姑息《こそく》な手段を使って仕事を確保している業者がけっこういるらしい。

「でもわたしたちの場合、笑ってすませられる状況じゃないんですよ」

最悪の事態に至った経緯を説明すると、

「たしかに笑い事じゃないねえ」

悪質な詐欺事件の臭いもしてくる、と有力OBは腕を組んだ。商取引のトラブルであれば民事不介入で警察の力は借りられないが、詐欺となれば刑事事件だ。そのへんを衝いていけば、解決の糸口も見つかるかもしれませんよ。最後にはそうアドバイスしてくれた。

義父はさっそく銀行に飛んでいった。詐欺に遭ったみたいだから返済を猶予してほしいと申し出た。ところが、銀行の融資担当者は首を横にふる。銀行としては再開発組合に融資したのだから、再開発組合と建設業者のあいだに何が起きようが関係ない。融資した金はきちんと回収するだけだと突っぱねられた。

「それはおかしい。銀行だって行政支援を見越して融資したんじゃないですか」

義父は反論した。それでも融資担当者は、うちには関係ないと言い張るばかり。

だったら警察だ、と相談にでかけた。ところが、商取引に関連した民事トラブルの場合、詐欺だという明確な証拠がないことには捜査のしようがないと告げられた。

そう言われてしまえば、たしかに建設業者が詐欺を働いたという証拠は何もない。建設業者と交わした契約書には、事業計画のキャンセル条項はあっても、行政支援が絶対に得られるとは一言も書かれていない。だからこそ詐欺なんじゃないですか、と粘った。が、これが日本の警察というものなのか、あるいは建設業者に鼻薬でも嗅がされているのか、あれこれ難癖をつけられて門前払いにされた。

義父はいよいよ頭を抱えた。

結局、まんまと融資金を建設業者に吸いとられて、商店街全体が銀行の管理下に置かれるのを指をくわえて見ているしかないのか。いや待て。ひょっとしたら、銀行も確信犯だったのではないか。直接的なリスクを背負わず、広大な事業用地を手中にしようと建設業者の思惑を利用したとも考えられなくはない。まさかとは思う。まさかとは思うが、いまどきの銀行は、そのまさかをやりかねない。

そのとき、義父は閃いた。悪意の術中にはめられたということなら、あとはもう開き直るしかない。開き直って居座ってしまおうじゃないか。警察も、行政も、だれも助けてくれないなら、自分たちの土地建物に居座り、差し押さえられようが競売にかけられようが断固として立ち退かなければいい。

「商店街ぐるみで自前の占有屋になりましょう！」

義父は商店会の会員に呼びかけた。

しかし、突拍子もない提案に会員たちは尻込みした。いまさら無茶な抵抗をしたところでどうなる。そんな空気だった。それでも義父は頑張った。しばらく中断していた商店会総会を無理やり招集し、再開発事業の裏の陰謀を暴いたうえで訴えかけた。

「こうなったら徹底抗戦しかありません。みんなで自分たちの商店街を守り抜こうじゃないですか」

すかさず罵声《ばせい》が飛んだ。

「あんたが蒔《ま》いた種だろうが。いまさら、みんなで守り抜こうもないもんだ！」

「自分が蒔いた種だからこそ、率先して刈りとりたいんですよ。商店会ぐるみで居座ったとなれば、マスコミだって注目するでしょう。粘りに粘っていれば、きっと突破口が開けます」

夜半まで及んだ義父の説得に、商店会の会員も動かされた。全員が全員ではなかったものの、やがては大半の会員が賛同してくれた。黙って身ぐるみ剝《は》がされるよりも徹底抗戦だ。最後はだれもが奮い立った。

義父は喜んだ。窮鼠《きゅうそ》猫を噛む式の捨て身の策ではあったけれど、久しぶりに商店会の結束が固まった。

悲劇はその帰りに起きた。会員たちと別れて夜道を歩きだした義父は、突然の交通事故に遭い、あっけなく他界した。

「この事故って、ひょっとして」

あたしは声を上げた。どう考えてもタイミングが合いすぎている。すると鴨志田さんの奥さんは黙って首肯《しゅこう》して、

「でも証拠がないの」

小さく吐息をついた。

鴨志田さん夫婦も、最初は単なる交通事故としか思っていなかった。ところが、ひょんなことで義父の日記を手にしたことから、事故前日まで何が起きていたか、すべての事情を知ることができた。

「お義父さん、日記なんてつけてたんだ」

「几帳面《きちょうめん》な人だから、むかしから、うちで売ってる大学ノートを買っていってはつけていたのね。で、商店会総会の前の日は、いつものやつがいっぱいになったからって、新しい大学ノートを買いにきたの」

そのとき、鴨志田さん夫婦は、義父から頼まれた。万一のときのために古い日記を預かってくれないかと。万一のときなんて縁起でもない、とやんわり断わった。それでも、とにかくお願いしたい、と思い詰めた顔で頭を下げられたものだから、断わりきれずに夫婦で日記を預かり、店の金庫にしまい置いた。

そして翌日の晩、義父は事故死した。日記のことを思い出した鴨志田さん夫婦は、遺品として雅也に渡そうと思ったものの、通夜の席ではそれどころではなく、その翌朝には小野寺金物店ビルでガス爆発が起き、負傷して入院していた雅也夫婦は姿を消してしまった。

困った鴨志田さん夫婦は、失礼と思いつつも日記を読んでみた。すると、そこには義父の苦労の一部始終が記されていた。

「それで確信したの。あれは事故じゃない。小野寺さん、さぞかし無念だったろうなって。そしたらうちの人が言いだした。こうなったら小野寺さんの遺志を継いであげようって」

鴨志田さん夫婦が顔を見合わせ、うなずき合っている。あたしはうなだれた。何も知らなかったとはいえ、あのとき逃げてしまった自分たちを心から恥じた。

徹底抗戦の継承を決意した鴨志田さん夫婦は、義父が考えた占有作戦の先頭に立って行動しはじめた。

「ところが遺志を継ぐっていっても、そんな簡単なものじゃなくてね」

せっかくの決意とは裏腹に、義父が死んだ直後の商店会は混乱していた。護身用の武器を携帯して歩くもの。妻子を親戚《しんせき》の家に避難させるもの。恐怖にかられて街から一家で逃げだすもの。暴力団の力を利用しようと画策するもの。それこそ街中がパニックに陥っていた。

それでも、鴨志田さんを中心とした有志は初志を貫いた。三十店近くの店主が、義父の弔《とむら》い合戦とばかりに、居座りを前提とした店舗営業を続けた。もし強攻策を仕掛けられたら、ただちに店を封鎖して籠城する覚悟だった。

しかし、それからしばらく相手方は表立った動きを見せなかった。断固とした姿勢が相手方にも伝わったのか、当面は刺激しないほうが得策と考えたようで、商店街は何事もなく営業を続けられた。おかげでパニックも沈静化に向かい、数か月にわたる膠着《こうちゃく》状態が続いた。

そこに委任状が届いた。

『私、小野寺雅也は、亡父小野寺俊介《しゅんすけ》（辛島駅前商店街再開発組合理事長）の遺志のもと、小野寺金物店の土地建物に関する権利及び辛島駅前商店街再開発事業の事後処理の一切の権限を、上記銀行及び建設会社を代理人と定めて委任します』

「そんなこと書いてなかったですけど」

あたしが首をひねると、奥さんが怒った顔をした。

「白紙の委任状に署名捺印したら、あとで好き勝手なことを書かれる。そのくらい常識でしょう」

この委任状が決定打となった。徹底抗戦のシンボル的存在だった小野寺金物店が全面降伏した。そうと知った商店会に再び動揺が走った。心の支えを失った集団ほど脆いものはない。万事休すと見定めてシャッターを下ろす店が続出した。

突然の急展開だった。が、じつはその陰には、真鍋の暗躍があった。占有対策には占有屋、という発想から雇われたに違いない彼は、最後通牒《つうちょう》ともいうべき委任状を片手に、営業を続けている店を一軒一軒恫喝《どうかつ》して回った。当然ながら、鴨志田さん夫婦のもとにもやってきた。

「かわいいお孫さんもいらっしゃるんでしょうが、って脅されたの。ねちっこくて嫌な男だった」

奥さんが吐き捨てた。

真鍋が通夜や病室に押しかけてきたときのことを思い出した。いまにして思えば、あのときも結局は、委任状を手に入れることが目的だったのだろう。何も知らない二代目のぼんぼんに、更地で明け渡せだの借金がふりかかるだの出鱈目を並べ立てて、窮地に追い詰めたところで白紙委任状に署名捺印させるつもりでいた。ところが、脅しつけているさなかに、うかつにも逃げられてしまった。

真鍋にとっては大失態だった。その時点で白紙委任状を入手できていれば、徹底抗戦派の出端《でばな》を挫《くじ》き、無用な膠着状態を招くこともなかった。それだけに真鍋としても、裏稼業の面子《メンツ》にかけてあたしたちを捜しまわったに違いない。タカシを接点にアメリカの居場所を突きとめ、おそらくは別口の仕事のついでだろうけれど、それでもわざわざアリゾナまで出向いてきたのだから、その執念のほどはうかがい知れる。

結果、真鍋の執念は徹底抗戦派を衝き崩した。一通の書類が、ついに商店街を閉鎖に追い込もうとしていた。それでも鴨志田さん夫婦だけは挫けなかった。

「正直言って、もう店や土地なんかどうでもよかったの。いまさらそんなものにこだわってるわけじゃなくて、わたしたちにも意地があった。この街で長年商売を営みながら、子どもを産んで、育てて、巣立たせてきた。そんなわたしたち家族の拠り所を踏みにじられたくない。その意地だけだったの」

奥さんは拳《こぶし》を握りしめた。

このとき、あたしは決心した。あたしも居座ろう。あたしには鴨志田さん夫婦と一緒に居座らなければならない義務がある。

今夜も巡回の時間になった。

真相を知った日から二週間。毎夜十一時になると、防災用のヘルメットを被り、右手にスタンガン、左手に懐中電灯を携《たずさ》えてビルの中を巡回し続けている。

一歩一歩、慎重に階段を下りていき、まずは地階の納戸をひとまわりしてから一階店舗のチェックにかかる。店内は糊《のり》とノートの匂いに包まれている。いつでも営業を再開できるように商品は全部そのままにしてある。

いちいち明かりは点けない。懐中電灯で端からゆっくり店内を照らしていく。

アメリカで爆破前のビルをチェックするときも、ヘルメットに懐中電灯を手にしていたものだった。あのころのことが、遥かむかしのことに思える。キャンピングカーに寝泊まりして大陸の各地を渡り歩いていた日々が夢のようだ。

そう思い返したとたん、店の電話機に吸い寄せられていた。あの電話番号はいつもポケットに入れてある。

十回コールした。でない。十五回目のコール音をきいて、やはりでないと受話器を置きかけた瞬間、太平洋を跨《また》ぐ電話回線がつながった。

「ハロー」

南部訛《なま》りの寝ぼけ声だった。向こうは午前六時過ぎのはずだ。

「ボブじい、あたし」

ひさしぶりに使う英語だった。とたんにボブじいの声が一段高くなった。

「朝九時から爆破だってのに、ゆうべ、バーボンを飲みすぎちまってなあ。マユミがいれば飲みすぎだって叱ってくれたんだが」

懐かしいしわがれ声で笑う。

いまはカリフォルニア州オークランドにいる。今日の爆破をすませたら、マークリービルの近くにあるグローバー・ホット・スプリングスに行くつもりだという。

「で、いつ帰ってくるんだ?」

唐突に問われた。マユミとマサヤのベッドは、そのままにしてある。早く温泉に入りにこい、と急《せ》かすように言い添える。

「あたしの裸、見たくなった?」

軽口で返すと、

「馬鹿者、自分の娘の裸に欲情する父親がどこにいる」

本気で怒られた。

胸が熱くなった。こみあげてきたものをこらえようと唇を噛んだ。そのとき、潤んだ視界の端で何かが動いた。

受話器を握ったまま視線を向けると、人影だった。

こんなところで麻由美に再会しようとは思わなかった。

生まれ育った街の爆破に逡巡《しゅんじゅん》はしたものの、結局は請け負うことにした。すでに両親ともに逝ってしまったし、街の再興のためにもなることだし、この際、思いきって過去は吹き飛ばそう。そう割り切った。

まずは鴨志田文房具店を中心にして左右十店舗を爆破する。それを足がかりに順次十店舗ずつ八回の爆破を繰り返し、二か月ほどで辛島駅前商店街を瓦礫《がれき》の山にしてしまう段どりだ。

ただ鴨志田文房具店については、法的には退去すべきなのに、店主夫婦が法に従わず、いまだに居座っている。爆破前日までには退去してもらうつもりだが、いまは刺激したくない。深夜、こっそり下見して、爆破前夜に一晩でセッティングできるように準備しておいてほしい。西脇社長からそう告げられていた。

鴨志田さん夫婦は子どものころから知っている。通夜でも世話になったし、その意味ではやりにくい仕事だったが、法を犯しているとあってはどうしようもない。ほかの店主は円満に退去に応じたというのに、何が不満だというのだろう。

不審に思いながらも、窓を破って店舗に忍び込んだところに麻由美がいた。

「どうしたのよ」

懐中電灯の明かりを突きつけられた。辛島駅前商店街の爆破を請け負った、と正直に答えた。

「ここを爆破するつもり?」

「仕方ないだろ、仕事なんだから」

「仕方ないってことはないでしょう。鴨志田さんが、どんな目に遭ってると思ってるの? あなた、いつから連中の手先になったの?」

「手先って言い方はないだろう。借金は返さないほうが悪いんだ。鴨志田さんの気持ちもわからないじゃないけど、社長のほうが筋が通ってる」

「社長?」

「西脇建設の社長だ」

「ニシワキ?」

「とにかく、ぼくは仕事を依頼されたんだ。プロとしては、たとえかつてのお隣さんの家だろうと、淡々と爆破仕事を遂行しなくちゃならない」

「冗談じゃない。あなた、自分がしようとしてること、わかってるの？」

肩口をつかまれてレジの椅子に座らされた。麻由美は店内用の踏み台に腰かけ、諭すようにしゃべりはじめた。

この商店街が見舞われた長い物語だった。懐中電灯の明かりだけの薄闇《うすやみ》の中で、麻由美は憑《つ》かれたようにしゃべり続けた。最初のうちは茶々を入れたり反論したりしていたぼくだったが、途中からは黙って話にきき入った。

麻由美の話が終わってからも、ぼくは口をきかなかった。いや、きけなかった。自分がいかに世間知らずの馬鹿息子だったか、いまさらながら思い知らされた。

この街で生まれ、この街で育ち、この街で暮らし続けてきた。なのに、辛島駅前商店街のことも、小野寺金物店のことも、苦悩する父親のことも一切知らないできた。知ろうともしないできた。だから真鍋から借金話をされてからも、ガス爆破を仕組んだり、海外に逃げたり、あげくは白紙委任状に署名捺印したりと、面倒から逃避する方向にしか頭が回らなかった。最初にちゃんと真相さえ確かめていれば、こんなことにはならなかったというのに。

「あたしも人のことは言えないけどね」

麻由美が静かに嘆息した。

夫婦でしばらく沈黙した。壁掛け時計の秒針の音だけが、かちりかちりと響いている。

「で、どうするわけ?」

麻由美が口をひらいた。が、どうすると言われても、どうしようもない。ぼくは鴨志田文房具店ビルの爆破を請け負い、麻由美はそのビルに居座っている。その状況は何も変わっていない。返答できないでいると、麻由美が質問を変えた。

「そもそも西脇社長って何者なの?」

これには答えられる。

「建設会社の二代目だ。日本中の寂れた商店街を再生したいと言ってる」

西脇社長について知っていることを話してきかせた。

「そういえばボブじいが日本で出会った男も、たしかニシワキって名前だった」

麻由美が、ふと思い出したらしく、ボブじいからきかされたニシワキという男の話をしてくれた。興味深い話だった。たとえ偶然にしても、西脇という名前は、そんなに多くある名前ではないし、そのうえ、どっちの西脇もビル爆破の依頼主だった。

「ニシワキが西脇建設の初代社長だったりして」

「可能性はなくはない」

ぼくは腕を組んだ。もしそうだとしたら、これほど皮肉なめぐり合わせもない。ボブじいにビル爆破を依頼したニシワキの息子に、ぼくがビル爆破を依頼されている。

「因果はめぐるってことね」

麻由美が目をしばたたかせた。

「因果なのかな」

「女はそういうこと、信じるの。きっとめぐってるんだよ。立川《たちかわ》の赤提灯の夫婦みたいに、鴨志田さん夫婦もビルごと吹き飛ばしちゃうつもりなのよ」

「まさか」

動揺していると麻由美が立ち上がり、闇の中の商品棚に懐中電灯を向けた。ディズニーのキャラクター文具が並んでいた。

麻由美は商品棚に近寄ると、グーフィーの絵柄がついたペンケースを手にした。懐中電灯の光を当てて、いとおしそうに見つめ、かすれた声で呟いた。

「アメリカに帰りたい」

独り言のようだった。

「アメリカに帰って、あたしたちの未来を」

そこで言葉が途切れた。

「未来を？」

問い返すと、ぼくに振り返って言い直した。

「あたしたちの未来を産みたい」

麻由美の目を見た。思いがけない告白だった。あのときのキャンピングカーの一夜が実を結んだということらしい。

しかし、素直には喜べなかった。うれしくないわけではなかったが、こんなときに、という思いのほうが強かった。

黙っていると麻由美がくすくす笑いだした。

「いつもいつも間が悪い夫婦だね」

他人事《ひとごと》みたいな物言いに、ぼくも苦笑いした。

麻由美はしばらく笑っていた。グーフィーのペンケースで自分のおなかをさすりながら笑い続けていた。が、その直後、ふいに麻由美は笑みを消すなり、ぼくを睨みつけてきた。

「いいよ、爆破して。この際、あたしたちもろともドカンと爆破しちゃって」


その日も、あたしは鴨志田さん夫婦と朝食をともにした。

雅也と再会した一週間後。徹夜の巡回が終わったばかりの午前七時。奥さんがつくってくれたご飯と味噌汁《みそしる》と干物と野菜の煮付けを食べ終えたところで、鴨志田さんは朝一番の巡回に向かい、あたしは布団にもぐり込んだ。ここまでは、いつもどおりの流れだった。でも今日にかぎっては、ここから先が大きく違う。

すでに雅也は、鴨志田文房具店ビルから二百メートルほど離れたワゴン車の中で待機している。あたしと二人、徹夜でダイナマイトのセッティングを続け、完了したのはつい十五分前のことだった。たった一夜ですべての仕込みを終わらせる突貫作業だったけれど、何とか間に合わせた。

あと三十分ですべてが終わる。この爆破だけは絶対に失敗できないだけに、徹夜明けの雅也が最後まで段どりを間違えないことを祈るばかりだ。

鴨志田文房具店の左右十棟のビルも、雅也が昨夜までに完璧《かんぺき》にセッティングを施してある。ワゴン車内の起爆スイッチを入れた瞬間、それらのビルもいっぺんに爆破されることになっている。

「すごい爆破になるぞ」

二人で結線しているとき、雅也がうきうきして言ったものだ。

あたしも、しばらくぶりの現場を楽しんだ。とりわけ今回は十棟同時の爆破とあって、あたしの直感も大いに発揮できた。一棟一棟は簡単な爆破でも、十棟の相乗効果も考え合わせると倒壊予測はつけにくい。いろいろと計算していた雅也も、さすがに迷ったらしく、

「どう思う?」

と素直にきいてきた。正直、あたしも迷った。建柄の良いものと悪いものがこれだけ不規則に混在しているケースは初めてだ。

それでも最終的には、思いきって穿孔《せんこう》間隔にゆとりをもたせることと傾斜角度を五度浅くするようにアドバイスして雅也もそれに従ってくれた。

「やっぱ、あたしたち、ケリー夫妻になれるかもね」

「小野寺・ケリー・麻由美って改名したらどうだ?」

深夜のセッティングの合間に、そんな冗談も飛びだした。

今回は西脇社長もワゴン車に待機している。初の大仕事なので、起爆スイッチを入れる瞬間に立ち会ってほしい。雅也が頼み込んだところ、すんなり乗り込んでくれた。ワゴン車にはもうひとり、タカシもスタンバイしている。これも雅也が、真鍋が使っている占有屋をアシスタントとして雇いたい、と申し出たら、あっさり認められた。

午前七時二十分になった。爆破時刻の十分前。あたしは布団をはねのけ、意を決して三

階の窓を開け放った。予定の行動だった。窓の外を偵察するふりをして、まだ居座っているからね、とわざわざアピールしてやる。

ワゴン車の中では、すかさず雅也が食ってかかっているはずだ。

「社長、まだビルの中にだれか居るじゃないですか」

爆破当日までに住人は確実に退去させておく。そういう約束だったのに、どうなってるんですか、と西脇社長を問い詰める。

ここで西脇社長がどう反応するか、それが今回の作戦の大きなポイントとなる。

「すでに爆破時刻は告げてあるし、爆破直前にもう一度、警告するつもりだ。きみは予定どおり爆破してくれ」

「でもそれじゃ」

「こっちは何度も警告してきたんだ。それでも不法に居座られてはどうしようもない。万が一、やつらの身に危険が及んだとしても、それは自業自得の不幸な事故だ」

こんなやりとりになったとすれば百点満点だ。そして、あの西脇社長なら間違いなく百点満点をとってくれるとあたしたちは確信した。その確信どおりになったところで、すかさず雅也が反旗をひるがえす。

「こんなことでは爆破できません」

「いまさら何だ。それでもプロか」

「プロだからこそ拒否するんだ。あんたは人間じゃない」

「なんだと?」

西脇社長がいきり立つ。あとは売り言葉に買い言葉。西脇社長が逆上するまで挑発し続け、頃合いを見計らって最後の捨てゼリフを吐く。

「ぼくはこの街で育った人間だ。見殺しにはできない。いまから彼らを助けにいく。やれるもんならやってみろ!」

ケツをまくるなりワゴン車を飛びだし、鴨志田文房具店ビルに駆け寄る。通用口のドアを蹴破り、店内に飛び込む。そのときすでに爆破一分前。

ここからがタカシの出番だ。

「社長、おれがやります」

土壇場で起爆係を志願する。

「おう、やってくれるか」

裏切り者は消すにかぎる。そう判断した社長が発破器を手渡す。躊躇《ちゅうちょ》している時間はない。

爆破三十秒前。社長が秒読みに入る。タカシが発破器を握りしめる。秒読みが終わる。

爆破の合図が発せられる。タカシが起爆スイッチを入れる。十棟のビルに仕込まれた八百キロのダイナマイトが一斉に炸裂《さくれつ》する。

これが予定のシナリオだった。そして本番でも幸運にもシナリオどおりに進行した。

午前七時三十分。

鴨志田文房具店ビルを中心とした半径十キロ四方に恐るべき爆音が轟《とどろ》き渡った。

爆音に続いて地響きも伝わる。震度五にも換算される強烈な振動だった。同時に、晴れた朝空に数十発の尺玉花火にも匹敵する火柱が立ち昇り、粉砕されたビルの瓦礫も噴煙のごとく巻き上げられ、やがて廃墟と化した商店街に、ばらばらと降り注いできた。

十棟のビルは跡形もなく吹き飛んでいた。それは崩落といった生やさしいものではなく、産業廃棄物を破砕して商店街全体にぶちまけたごとき様相を呈していた。あたしと鴨志田夫婦、あとから飛び込んできた雅也も合わせた四人が居座った鴨志田文房具店ビルも、粉々に砕け散った。一階の床と義父の日記が収められていた金庫だけはきれいに残ったものの、ほかは二階も三階も屋上も消え失せていた。

爆破屋失格の爆破だった。とてつもない爆破音と振動に加えて、垂直に崩落させるどころか周囲に瓦礫を弾き飛ばしてしまった。そのうえ、ビルの中には人間がいた。ボブじいが見ていた日には、即刻破門されたことだろう。

唯一救いがあるとすれば、これだけの音と振動のわりには、辛島駅前商店街以外の地域には一切影響を及ぼさなかったことだけれど、それでも、掟《おきて》破りの爆破だったことは間違いない。

ただし、爆破屋としては大失敗だったものの、じつは、今回のシナリオからすれば失敗ではなかった。いや、今回にかぎっては大成功といっていい。

なにしろ街のど真ん中で、これほど派手な爆破騒ぎが起きたのだ。いくら鼻薬を嗅がされた官憲でも、爆破騒ぎの仕掛け人をしょっぴかないわけにはいかない。そして、しょっぴかれたが最後、まずもって仕掛け人は、爆破以外の罪についても徹底的に糾弾されることになるだろうから。

6

ぼくは天国にいる。

極楽といってもいい。

カーメル渓谷のスパ・リゾートにきて丸二日経つけれど、ここには一生いたとしても飽きないと思う。いまもちょうど、ウエストが引き締まった黒人のおねえちゃんが目の前を通り過ぎていったところだ。もちろん、上を向いた胸も、生い茂ったアンダーヘアも堂々と披露してくれた。

ボブじいは、ほんとうにいい習慣をつくってくれた。爆破屋にとって、これ以上の骨休めはまずないだろう。全裸のおねえちゃんが往来する露天風呂に浸かっていると、緊張続きの現場のストレスも、一気に爆破したように吹っ飛んでしまう。

「またやらしいとこばっか見てるんだから」

麻由美に怒られた。もちろん麻由美も全裸でいる。すこしは子どもの面倒も見てよ、と口を尖《とが》らせるなり、マイトをぼくに押しつけてダニーのほうにいってしまった。

マイトは生まれて三か月になるぼくたちの息子だ。もちろん、ダイナマイトのマイトから命名した。

「じゃあ、つぎに女の子が生まれたらダイナってわけ？　はいどうもダイナです、はいどうもマイトです、二人合わせてダイナマイトでえすって、漫才師か」

麻由美からはボロクソに言われた。それでもぼくはマイトで押し通した。将来は立派な爆破屋に育ってほしいと心から願っての命名だった。

産着《うぶぎ》姿のマイトを押しつけていった麻由美は、早くもダニーにしがみついてはしゃいでいる。ダニーも当然、全裸でいる。といっても、もうぼくは妬《や》いたりはしない。ダニーにまったくその気がないとわかっているからだ。ただ、逆に心配なのは、ダニーにその気はなくても麻由美のほうから襲いかねないことだ。それでなくても出産してからというもの、麻由美は以前にもまして奔放になった。子どもさえ産んじゃえば怖いもんなしよ、とばかりに、若い男とみると露骨に愛敬《あいきよう》をふりまいている。

でもまあそれはそれとして、親子三人、こうしてスパ・リゾートにいられることを喜ぶべきなのだろう。あのまま日本で爆破仕事を続けていたら、まず間違いなく闇仕事の世界から抜けられなくなっていた。犯罪の片棒をかつぐどころか犯罪者そのものになっていたに違いない。

あれから一年が経つ。

観光ビザならとっくに失効している滞在期間だが、もうそれは心配する必要はない。ぼくも麻由美も永住権、グリーンカードを取得しているからだ。

ぼくたち夫婦がグリーンカードを持っているなんて、いまだに信じられない。二度とアメリカの大地を踏むことはできない。そう確信していたというのに、再入国できたばかりか永住権までとれてしまったのだから、何事もよくよく調べて頑張れば何とかなるものだ。

ぼくたちみたいな日本人がアメリカの永住権をとるには、つぎのような方法がある。アメリカ人と結婚する。アメリカの企業に雇われる。百万ドル投資してビジネスをはじめる。くじびきに当籤《とうせん》する。

くじびきというのはずいぶん変わった方法だが、抽選に当たればだれでも永住権がもらえるという嘘みたいな制度だ。

でも、ぼくたちは、くじに当籤するまで呑気に待っているわけにはいかなかったし、結婚はすでにしていたし、百万ドルもの大金も持ち合わせていなかった。そこで、最後に残された方法、アメリカの企業に雇われることにした。

ただし、この方法の場合、永住権の申請は雇用主がしなければならない。つまり雇用主が「この人物は優秀なのでぜひ当社に必要だ」と政府に申し出て、「たしかに優秀で必要な人物だ」と認められなければならない。そのため、一般的には高名な学者、有名な芸術家、特殊技能者といった人でなければむずかしい方法とされている。

ところが、ぼくたちには幸運の女神、いや老神がついていた。ボブじいがダニーと一緒に会社をつくり、ぼくたち夫婦を雇ってくれたのだ。ビル爆破の特殊技能を有するジャパニーズが、ぜひとも当社には必要だ。ボブじいがそう申請してくれたところ一発で審査に合格した。

このウルトラCを考えだしたのはダニーだった。早くから大学卒業後の就職先を探していたダニーだが、なかなか納得のいく会社が見つからないでいた。ビル爆破会社は軒並み訪問し、ついでに建設会社も回ってみたが、自分が求めているものと何かが違う。だったら自分で会社をつくってしまえ。そう思い立つところが、いかにもアメリカの若者だった。

起業にあたってダニーは、真っ先にボブじいのもとに飛んでいった。ビル爆破の会社をいくつか訪ねた経験から、既存の会社をなぞることはしたくなかったからだ。

連絡事務所を各地に置きつつ、本隊はつねにキャンピングカーで移動し続けている。いわば本社が自在に動きまわる柔軟な形態こそ、ビル爆破という現場仕事には向いている。また、この形態であればボブじいの爆破ノウハウを受け継ぎ、会社の貴重な財産として蓄積していくこともできる。これぞ一匹狼と組織を融合させた新機軸の会社というわけだ。

この発想にボブじいも共感した。

「わしはどうせ死んでいくだけの人間だ。ダニーが本気でやるつもりなら喜んで手伝おう。わしのノウハウが、ダニーの新しいアイディアと結びつくなんて、こんなうれしいことはない。わしは組織には向かない人間だったが、ダニーなら一匹狼の意識を失わずに組織を引っ張っていけると思うしな」

こうしてボブじいをプレジデントに据えた会社が発足した。「ボブ&ダニー・インプロージョン」社。プレジデントにはダニーが就任すべきだ、とボブじいは最後まで抵抗したが、ボブじいのすべてを受け継ぐまではバイス・プレジデントの立場で支えていきたい、とダニーは譲らなかった。

この会社が、ぼくたち夫婦の受け皿となってくれた。おかげでぼくたち夫婦は生きて再び、アメリカの大地を踏むことができたのだった。

生きて再び、といえば、ひとつ説明し忘れていた。

あの大爆発のさなか、鴨志田文房具店ビルの中にいたぼくたちが、なぜこうして生き延びているのか。

もちろん、鴨志田さん夫婦も日本でちゃんと生きている。娘さんが嫁いだ関西の家で、お孫さんと一緒に幸せに暮らしている。その理由については、ほんとうはだれにも言いたくなかった。麻由美からも、言わぬが花だからね、と口止めされている。が、この際だから思いきって打ち明けてしまおう。

じつは、イリュージョンだった。

麻由美が、いつかボブじいにきいた話を覚えていた。かつてボブじいはイリュージョンの爆破を請け負ったことがあり、そのタネ明かしをしてくれたことを。

「ハリー・フーディーニという魔術師を知っておるかな。二十世紀前半、アメリカで大活躍した伝説の脱出王で、刑務所の独房や水中の箱から脱出してみせ、HOUDINI＝脱出する・切り抜ける、と辞書に載るぐらい有名になった男だ。その彼が残した言葉があってな。魔術の極意は、実際にやってみせるのではなく、観客にやったと思い込ませることだ。うまいことを言ったもんだ。現在のイリュージョンも結局、それなんだな。わしが頼まれてやった爆破脱出の仕事も、タネ自体は呆れるほど単純だったが、やったと思い込んだ観客は奇跡が起きたと仰天したものだった。まぎれて隠れる。こっそり逃げる。早い話が、爆破脱出の基本はこの二つしかない。むろんその際、舞台装置や細部の仕掛けには最大限の注意を払う。穴を掘ったり、鏡を置いたり、煙幕を張ったり、宙吊りにしたり。だが、その巧妙さから比べれば、魔術のタネほど馬鹿馬鹿しいものはない」

この話をヒントにぼくたちが考えた脱出術も、馬鹿馬鹿しく単純なものだった。地階の納戸に隠れている。それだけのことだ。といっても、一階でダイナマイトを爆発させるわけだから、当然、一階の床との間に鉄板を入れたり、納戸にブロックを積んで補強したり、といった防御態勢も整えた。

しかし、防御だけではまだ生き延びられない。これまたボブじいがタネ明かししてくれたことだが、爆薬のセッティングにも工夫を凝らして、爆発エネルギーがビルの外部に四散するように心がけた。

通常のビル爆破では、破壊された破片が周囲に飛ばないよう、ビル内部に爆発エネルギーを集中させる。具体的には口径にゆとりをもたせた孔《あな》を内向きに長く穿《あ》け、高爆速の薬包を底まで詰め、こめ物で密閉封入する。これは衝撃波をビルの中心に向けるためなのだが、今回はその逆をやることで、風船が破裂するように壁や天井などビルの外枠を周囲に飛散させた。

もちろん、ほかにもいろいろと細工を施したが、とにかく、地階にかかる衝撃負荷を最小限に抑えることで四人の命を守ったのだった。

また今回の爆破には、ぼくたちの脱出手段であるのと同時に、もうひとつの目的があった。派手に爆発させることで世間の耳目《じもく》を集める必要があった。そこで鴨志田文房具店ビル以外のビルについても、仰々しく炸裂《さくれつ》するセッティングにした。といっても、いくら派手にやるにしても周囲のビル家屋に被害を及ぼしては困る。どの程度の仰々しさにするか、さじ加減については麻由美と慎重に議論して決定した。

成功の確証はなかった。初めてやることだけに不安を言いだせばきりがなかった。ところが、最後になって鴨志田さん夫婦が背中を押してくれた。

「最悪失敗しても、ここで死ねるなら本望ですよ」

これで腹を括《くく》れた。

爆破に成功したあとは、しばらく地階にとどまった。爆破直後の現場には後《あと》ガスが充満している。後ガスが抜けた頃合いを見計らって地上に這《は》いだして、近所に停めてあるレンタカーまで夢中で駆け抜けた。そのとき、ぼくたち四人は消防士と警察官の格好をしていた。瓦礫《がれき》の現場をうろついていても不自然じゃないよう、タカシにテレビ局御用達の貸し衣装屋から借りてこさせてあった。

レンタカーではタカシが待っていた。起爆スイッチを入れたと同時にワゴン車から逃げだしてきた。

「すげえ脱出イリュージョンだったな。どうせなら、テレビに生中継させときゃ大儲けだったのによ」

レンタカーを発進させたタカシが、大損こいたな、と悔しがっていたものだ。

マイトが泣きだした。

疲れたのかもしれない。湯船の脇に置かれたデッキチェアで抱いていたのだが、乳児は長く外気に当たっていられない。鉱泉の湯気も肌にきついのかもしれない。一足先にコテージに引き上げることにして、ダニーとはしゃいでいる麻由美を横目で見ながら立ち上がった。

スパ・リゾートの休暇も今日までだ。明日の朝には荷物をまとめて、百五十マイルほど離れたサンフランシスコに向かうことになっている。タカシを空港で出迎えるためだ。そう、あのタカシも、ついにアメリカにやってくることになった。

考えてみれば、父親の死を知らせてくれたのも、発破や火薬の専門書を送ってくれたのも、占有屋敷に転がり込ませてくれたのも、脱出劇で大役を担ってくれたのも、みんなタカシだった。タカシには節目節目で世話になりっぱなしだった。

その後、彼は占有屋から足を洗い、職を転々としていた。だったらアメリカに呼んでやろう、と思いつき、新会社も軌道に乗ってきたことだし、恩返しも兼ねて雇ってやってくれないかな？　とボブじいに掛け合ったところ、二つ返事でオーケーがでた。

　ところが、いざ国際電話をかけて誘うと、タカシはしぶった。爆破屋の仕事には興味がある。起爆スイッチを入れた快感はいまも忘れられない。そう言いながらも、けど何でアメリカなんだ？　と二の足を踏む。

「ビル爆破の本場だからさ」

「本場はいいけど、おまえらアメリカにかぶれすぎてねえか？」

「アメリカにかぶれてるわけじゃない。ボブじいにかぶれてるだけだ」

「まあ、だれにかぶれようが知ったこっちゃねえけど、そのボブじいってやつも英語しかしゃべらねえんだろ？」

　ぼくは苦笑した。どうやら英語ができないことを心配しているらしい。

「大丈夫だ。ボブじいは若いころ、立川や六本木《ろっぽんぎ》で遊んでた男だ」

　なだめるように言ってやると、

「そりゃ気が合いそうだな」

　タカシは態度を一変させ、すぐに渡米する決心を固めてくれた。ボブじいが日本語をしゃべれるとは一言も言っていないのだが、ぼくがそうだったように、英語なんかこっちにきてしまえばなんとでもなる。

「そういえば商店街はどうなったんだ？」

気が変わらないうちに話題を変えた。再渡米してきて以来、新会社の仕事に手いっぱいで、脱出後のことは何も知らない。

「それがひどいもんでよ」

タカシが舌打ちした。

あれから一年が過ぎようとしている辛島駅前商店街は、いま、周囲をぐるり鉄板の塀に囲まれている。塀には樹木と小鳥とビルディングの絵が描かれ、その脇には建設計画を告知する看板が掲げられている。「辛島駅前再開発コンベンションセンター建設予定地」。東京都と辛島市が共同事業主となり、建設業者は西脇建設株式会社。塀の隙間《すきま》から覗き込むと、爆破された商店街の瓦礫はすっかり片づけられ、広々とした更地になっていたという。

「あんなとこに国際会議場なんかつくってどうすんだろうな。びっくりしちまったぜ」

タカシでなくてもびっくりする。結局、一連のすったもんだには行政当局も一口噛んでいた。そうとしか考えられない手際のよさだった。

行政の連中は最初から、民間業者に危ない橋を渡らせて、やっかい事が片づいたところで事業を顕在化させるつもりでいた。そして、あれほどの爆破騒ぎをどうやって切り抜けたのかは知らないが、見事に危ない橋を渡りきった西脇建設は、ご褒美の受注にありつけた。役人は役人で、もちろん、その見返りをたっぷり懐に入れたことだろうが。

ハコモノ行政はこうやるべし、という見本のような結末だった。なぜこの場所にコンベンションセンターなのか、ではなく、コンベンションセンター建設を目的化しておいしい思いをしよう。しょせんは、そういう話だった。役人と酒を酌《く》み交わし、女をあてがい、高笑いしている西脇社長の姿が目に浮かんだ。辛島駅前商店街と似た商店街は、日本全国にごまんとある。同じパターンを踏襲すれば、今後、何度でも高笑いできる。

この話には、ボブじいも憤慨したものだった。

「そうか、ニシワキの息子もそんなことになっていたか」

再渡米した当初、ボブじいに西脇社長のことを話して状況証拠を突き合わせたところ、やはり彼は、かのニシワキの二代目だった。

「ファミリーの血といえば血なんだろうが、それにしてもなあ」

そう言ったきりボブじいは押し黙ってしまった。

ビル爆破は破壊ではなく未来の創造だ。ボブじいがよく口にするセリフと同じことを西脇社長も語っていたが、まったくもって皮肉な対照もいいところだ。

いずれにしても、今後、ぼくはボブじいたちとの生活を大切にしていこうと思っている。そこに、血よりも濃い家族を感じるからだ。こんどこそ日本に未練はない。それは麻由美にしても同じ気持ちだと思う。

明日からボブ&ダニー・インプロージョン社は、新入社員のタカシを加えて五人になる。十日後にはダニーの大学仲間も五人合流して一挙十人体制。ついでにキャンピングカーも新たに二台購入して爆破屋コンボイを組む予定になっている。

これからなのだ。ぼくたちの爆破屋人生は、これからがほんとうの本番なのだ。

朝一番、コテージで目覚めたときから、あたしはうきうきしていた。今日は、タカシの出迎えにサンフランシスコ空港に向かうのだけれど、その前に、ひとつお楽しみがあるからだ。

ケーブルカー。サンフランシスコの街を海に向かって駆け下りるパウエル＝ハイド線のデッキに雅也と一緒にぶらさがり、街ゆく人たちに手をふってはしゃぐ夢が、ようやく叶《かな》うことになった。

「勘弁してくれよ」

雅也は本気で嫌がっていた。でも、やっと幸せな季節がめぐってきたのだ。たった一度の女の夢につきあってくれたっていいじゃない。ゆうべもそう文句を言ってやった。

その点、ボブじいは女心がわかる。

「ケーブルカーだったらわしが若い時分に働いた職場だ。いまも旧友がいるようだったら、ゆっくり楽しめるように取り計らってもらおう」

そう言ってくれた。

うれしかった。せっかくのチャンスなんだ、絶対にぶらさがってやる。

あたしはいそいそと荷造りをはじめた。出発まではまだ時間があるけれど、のんびり待ってなんかいられない。マイトの産着やおむつをひとつひとつトランクに詰めていく。

「楽しそうだねえ」

ボブじいが目を細めると、荷造りの邪魔になりそうだから、と立ち上がった。

「最後に、ひとっ風呂浴びてくるか」

あたしの背中を励ますように叩いてから、顎髭《あごひげ》を撫でつけながらコテージを出ていった。

それから小一時間ほど、出発の準備でどたばたした。ベッドでだらだらしている雅也と言い合いもした。たかがケーブルカーごときで、と笑われたからだけれど、ダニーが苦笑しながら諌《いさ》めてくれた。

そうこうするうちに出発時間が迫った。何とか荷物はまとまった。忘れ物の点検も終わった。ところが、お風呂に浸かりにいったボブじいが帰ってこない。

どうしたんだろう。いつも長風呂のボブじいだけれど、出発時間は知っているはずだ。不審に思って、ダニーに露天風呂まで呼びにいってもらった。

「ボケちまったんじゃないか？　ボブじいもそろそろ引退かな」

雅也が軽口を叩いているところに、ダニーが息せき切って戻ってきた。全身、ずぶ濡れになっている。

「アンビュランスだ、アンビュランスを呼んでくれ」

血相を変えて告げると、また飛びだしていく。

慌ててダニーの後を追った。エマージェンシー・コールは雅也にまかせた。コテージのテラスから露天風呂に延びる廊下を走り抜けた。やがて、山を一望できる露天風呂のかたわらに、全裸のボブじいが横たわっているのが見えた。

「どうしたの？」

介抱しているダニーに問うと、ダニーはゆっくり首を左右にふった。

だれもいない湯船で、ぐったりしていた。発見してすぐに引き上げたが、その時点ですでに意識はなかった。

ほどなくしてリゾートの救護係がやってきた。山の中なので救急車の到着は遅くなる。そう説明しながら応急処置を施してくれたものの、最後に低い声で付け加えた。これはむずかしいかもしれません。

救護係の言葉どおりになった。その後、麓《ふもと》の病院に担ぎ込まれたボブじいの意識が戻ることは、ついになかった。起き抜けの入浴で倒れる人は意外と多いんです。担当医はそう言って目を伏せた。

二日後。

ボブじいの生まれ故郷、サンフランシスコで葬儀が営まれた。音信不通のままの身内とは連絡がとれなかったけれど、そのかわり、全米各地から退役軍人を中心とした友人知人が駆けつけてくれた。急なことにもかかわらず弔問客は優に百人を超え、いまさらながらボブじいの人柄を偲《しの》ばせた。

むかし、ボブじいと一緒にケーブルカーを点検していたという黒人のおじいさんもいた。ひょっとして、と思い、ボブじいの身内のことを尋ねてみた。

「ボブにはもともとファミリーなんかいなかったんだよ」

黒人のおじいさんは言った。

「どこかの施設で育ったんじゃないかな。技術屋になったのも、軍隊に志願したのも、ひとりで生きていける手段になると考えたからだと思うよ。いつも陽気に笑っていたが、素顔は頑《かたく》ななやつでね。何か重いものを背負っている感じだったな。除隊後も結婚することはなかったらしいが、なんでもファーイーストで何かあったからだときいたことがある。詳しいことは知らない。きっと、だれにも話してないんじゃないかな。だが、今日は驚いた。このところ仲間がつぎつぎに逝ってるんだが、こんな賑《にぎ》やかな葬式は初めてだ。おれが逝ったとしても、これだけの人間は集まらんだろう。まあ結局、ボブはひとりじゃなかったんだろうな。ちょっとばかり悔しくなるがね」

黒人のおじいさんは微笑んでみせると、遠くを見やった。

別れを告げるときがきた。

マイトを抱きながら柩《ひつぎ》の中のボブじいと対面すると、指が二本欠けた右手が目にとまった。ビル爆破に生涯をかけた男の証《あかし》。マイトの小さな手を伸ばして握らせてやった。きょとんとしながらも、マイトはじっとボブじいの右手を見つめている。ジャパニーズのやくざより指一本格上だ。ボブじいお得意のジョークを思い出した。

「せめて裸の娘がたくさんいる風呂で死なせてやりたかったなあ」

ダニーがぽつりと言った。冗談とも本気ともつかない口調だった。

でも、あたしは笑った。泣きたくはなかった。ボブじいもそれを望んでいる気がして、精いっぱいの笑顔で送ってあげようと思った。

ダニーも一緒に笑いはじめた。雅也も無理やり笑っている。葬儀の参列者たちが何事かと見ている。渡米してきたばかりのタカシも妙な顔をしている。

それでも、不覚にも視界を濡らしはじめた水分を拭《ぬぐ》いながら、あたしは一生懸命笑い続けた。

参考資料

『火薬読本』木村真（白亜書房）
『ビル解体工法』柿崎正義（鹿島研究所出版）
『鉄筋コンクリート造の実用的解体工法』桜井壮一（理工図書）
『アメリカ西海岸温泉紀行』中山幸男&ジェフ・クラーク（TOTO出版）
『解体屋の戦後史』生方幸夫（PHP研究所）

（この作品『ダイナマイト・ツアーズ』は、平成十六年一月、小学館から『爆破屋』として文庫判で刊行されたものに加筆・修正の上、改題しました）

一〇〇字書評

ダイナマイト・ツアーズ

切り取り線

購買動機（新聞、雑誌名を記入するか、あるいは○をつけてください）

□（　　　　　　　　　　　　）の広告を見て
□（　　　　　　　　　　　　）の書評を見て
□ 知人のすすめで　　□ タイトルに惹かれて
□ カバーがよかったから　　□ 内容が面白そうだから
□ 好きな作家だから　　□ 好きな分野の本だから

●最近、最も感銘を受けた作品名をお書きください

●あなたのお好きな作家名をお書きください

●その他、ご要望がありましたらお書きください

住所	〒				
氏名		職業		年齢	
Eメール	※携帯には配信できません		新刊情報等のメール配信を 希望する・しない		

あなたにお願い

この本の感想を、編集部までお寄せいただけたらありがたく存じます。今後の企画の参考にさせていただきます。Eメールでも結構です。

いただいた「一〇〇字書評」は、新聞・雑誌等に紹介させていただくことがあります。その場合はお礼として特製図書カードを差し上げます。

前ページの原稿用紙に書評をお書きの上、切り取り、左記までお送り下さい。宛先の住所は不要です。

なお、ご記入いただいたお名前、ご住所等は、書評紹介の事前了解、謝礼のお届けのためだけに利用し、そのほかの目的のために利用することはありません。またそのデータを六カ月を超えて保管することもありませんので、ご安心ください。

〒一〇一‐八七〇一
祥伝社文庫編集長　加藤　淳
☎〇三（三二六五）二〇八〇
bunko@shodensha.co.jp

祥伝社文庫

上質のエンターテインメントを！　珠玉のエスプリを！

祥伝社文庫は創刊15周年を迎える2000年を機に、ここに新たな宣言をいたします。いつの世にも変わらない価値観、つまり「豊かな心」「深い知恵」「大きな楽しみ」に満ちた作品を厳選し、次代を拓く書下ろし作品を大胆に起用し、読者の皆様の心に響く文庫を目指します。どうぞご意見、ご希望を編集部までお寄せくださるよう、お願いいたします。

2000年1月1日　　祥伝社文庫編集部

ダイナマイト・ツアーズ　長編小説

平成20年3月20日　初版第1刷発行

著者　原《はら》　宏《こう》一《いち》

発行者　深澤健一

発行所　祥《しよう》伝《でん》社《しや》
東京都千代田区神田神保町3-6-5
九段尚学ビル　〒101-8701
☎03（3265）2081（販売部）
☎03（3265）2080（編集部）
☎03（3265）3622（業務部）

印刷所　萩原印刷

製本所　明泉堂

ISBN978-4-396-33416-1　C0193

祥伝社のホームページ・http://www.shodensha.co.jp/

祥伝社文庫

原宏一　床下仙人

注目の異才が現代ニッポンを諷刺とユーモアを交えて看破する、〝とんでも新奇想〟小説。

原宏一　天下り酒場

経営不振の割烹居酒屋『やすべえ』の店主は、常連から元県庁の役人を雇ってほしいと頼まれたが…。

原宏一　ダイナマイト・ツアーズ

自堕落な生活を送っていた夫婦が突然借金を背負うことに。自宅を爆破してアメリカに逃亡するが…。

清水義範　河馬《かば》の夢

子供の無邪気なラジオ電話相談室に出演中の沢野井《さわのい》に、この世で最も会いたくない大人の女から電話が…。

清水義範　ピンポン接待術

20××年、ゴルフ禁止令施行！　サラリーマン接待術に激変が…機知と風刺に富んだシミズワールドにあなたをご招待！

清水義範　その後のシンデレラ

赤ずきんちゃん、不思議の国のアリスなど、おなじみの名作童話のその後を描く機知満載、抱腹絶倒小説集！

祥伝社文庫

伊坂幸太郎　陽気なギャングが地球を回す

嘘を見抜く名人、天才スリ、演説の達人、精確無比な体内時計を持つ女。史上最強の天才強盗四人組大奮戦！

安達千夏　モルヒネ

在宅医療医師・真紀の前に七年ぶりに現れた元恋人のピアニスト克秀は余命三ヶ月だった。感動の恋愛長編

本多孝好　FINE DAYS

死の床にある父から、僕は三十五年前に別れた元恋人を捜すよう頼まれた…。著者初の恋愛小説

横山秀夫　影踏み

かつてこれほど切ない犯罪小説があっただろうか。消せない〝傷〟を背負った三人の男女の魂の行き場は…

内田康夫　透明な遺書

福島県喜多方市の山中で発見された死体。遺されていたのは封筒だけで中身のない奇妙な遺書だった。

恩田　陸　象と耳鳴り

「あたくし、象を見ると耳鳴りがするんです」婦人が語る奇怪な事件とは……ミステリ界〝奇蹟〟の一冊。